望江南 广州好

第二辑

刘旭 著

SPM
南方传媒

广东人民出版社

· 广州 ·

图书在版编目（CIP）数据

望江南·广州好. 第二辑 / 刘旭著. -- 广州：广东人民出版社，2025.7. -- ISBN 978-7-218-18583-5

Ⅰ. I227

中国国家版本馆 CIP 数据核字第 2025RG7657 号

WANGJIANGNAN · GUANGZHOUHAO（DI-ER JI）

望江南·广州好（第二辑）

刘 旭 著

出 版 人：肖风华

策划编辑：赵世平
责任编辑：赵瑞艳
责任技编：吴彦斌
封面题字：刘　旭

出版发行：广东人民出版社
地　　址：广州市越秀区大沙头四马路 10 号（邮政编码：510199）
电　　话：（020）85716809（总编室）
传　　真：（020）83289585
网　　址：https://www.gdpph.com
印　　刷：广州市豪威彩色印务有限公司
开　　本：787mm×1092mm　1/16
印　　张：10.25　字　数：110 千
版　　次：2025 年 7 月第 1 版
印　　次：2025 年 7 月第 1 次印刷
定　　价：52.00 元

如发现印装质量问题，影响阅读，请与出版社（020-87712513）联系调换。
售书热线：（020）87717307

序一

勤奋实践出真才

欣悉老同事刘旭所著的《望江南·广州好》（第二辑）即将出版，我欣然应约为之作序。在缘分的驱使下，我们得以再度共事。

我已退休二十二年，仍然经常联系的往年同事已经不多了，但刘旭却一直跟我保持密切的联系，这就是缘分！

刘旭（以下简称"作者"）是三十多年前我在广州市外经贸委（现商务局）工作期间的老同事。1991 年 8 月，我有幸到该委工作。1992 年 3 月，作者到了我分管的外商投资企业管理处工作。虽然已经过去了三十多年，但那时愉快的合作经历，至今仍令我记忆犹新。

在我的记忆中，作者工作很认真。经他起草的公文，到我手里基本是一字不改，可照原文签发。我去北京出差，时有他

的陪同。我到企业调研，也常有他的相伴。我们曾多次一起研究并想方设法帮助企业克服在经营过程中遇到的困难，为改善外商投资环境而共同努力。可以说，外商投资企业顺利发展为广州整体经济的发展做出了重要的贡献。

在和我共事期间，作者对工作认真负责，成长得很快。到我 2002年退休的时候，作者已经是该处的副处长了，顺利成为名副其实的业务骨干。

作者向来是勤奋的，正如广州白云山和记黄埔中药有限公司皇甫乐天先生所言："丹心壮志告功成，虽退未休伏案耕。"作者从 2019年退休到 2021 年 7 月，成功出版了《望江南·广州好》（第一辑）诗词。在 2021 年至 2024 年的三年时间里，作者又创作了 61 首诗词。在这么短的时间里，完成这么多的高质量作品，绝非易事！

2

细品作者此辑作品之后，个人认为可粗略地分为以下六大类：

1. 歌颂革命先驱，传承红色基因

如《五绝·太平馆西餐厅纪事》：

> 颖超慕客至，喜庆迎恩来。
>
> 佳肴联璧玉，美似海棠开。

短短二十个字，生动巧妙地描绘出当年周恩来和邓颖超在此举行婚礼的盛况，并且把周总理最喜欢的海棠融入诗情画意中，令人浮想联翩，回味无穷！

2. 瞻仰革命故地，焕发革命精神

如《鹊桥仙·广州农讲所》：

学宫俊采，使命策源，拨云雾毛委员。

敌友分清揭首要，工农聚力竞开元。

精辟地描述当年毛主席开办农民运动讲习所的事件，旨在宣传革命理想，拨开云雾，分清敌我。

3．颂古贤

如《七绝·左宗棠收复新疆赞》：

誓扫西侵胡虏狂，抬棺远讨荡回肠。

花甲挥师忠烈气，赢还大美我新疆。

仅用四句，左宗棠忠烈报国的英雄气概便跃然纸上。

4．赞美广州城市建设的重大成就

如《七绝·新广州机场二十周年志庆》：

展翅鲲鹏卓越求，廿年蝶变绘春秋。

最是星空辉炫处，羊城枢纽贯全球。

此诗高度概括了广州新机场的巨大变化：年客运量突破 6300 万人次，开通国内外航线超 400 条……广州新机场不负众望地实现了广州"枢纽贯全球"的宏伟目标。

5．咏赞旅游美景

如《江城子·赏胡杨抒怀》：

千里塞外赏胡杨，

扎大漠，挺风霜。

穹苍傲立，唱生命华章。

作者以精湛的文笔，高度赞扬了胡杨的顽强与坚韧，并以此勉励

自己。

> 花甲辰发少年狂，
>
> 挥笔墨，游四方。
>
> 流金岁月，诗书更激扬。

上阕与下阕完美结合，彰显了作者坚韧不拔的意志和笔耕不辍的雄心。

6. 其他，包括楹联、家书等。

如《陋室铭》：

> 阁不在高，有诗则名。
>
> 墨不在深，有恒则灵。
>
> 斯是陋室，唯勤德馨。

此文凸显了作者伏案深耕的决心和"唯勤德馨"的境界。

从本辑的作品中可以看出：作者之所以能在短期内出版第二辑诗词，并顺利通过高级别书法考试，原因在于作者的勤奋！只有勤奋才能培育出真才，只有勤奋才能取得累累硕果！这就是本篇序言标题的含义。

此外，从本辑《父亲百年诞辰往事记》《送儿华南理工大学读博》，以及第一辑的《示儿》《悼母亲》等作品中，读者也可从中窥见作者的家风、爱党爱国的家国情怀，自幼就润泽着作者的心田。作者在作品中展现的昂扬向上的革命情操，得益于祖国的培养，也得益于家教的传承。

综观全书，内容丰富多彩，极具可读性与鉴赏性，更为可嘉的是：所有作品都从不同的角度展现出作者爱国爱党、传承红色基因的情怀，充满了弘扬革命精神的正能量。

作者热爱生活，并且能用独特的视角审视生活，从而发现生活的美好，并尽情地欣赏和赞美。除了自己欣赏，还让更多的读者得到美的熏陶。

为祝贺老同事刘旭《望江南·广州好》（第二辑）的出版面世，我愿为之赋诗一首：

点缀大漠挡风沙，傲骨雄姿惹人夸。

千年不朽观天地，胡杨无愧展风华。

祝愿刘旭的佳作像胡杨一样傲立于穹苍，脍炙人口，垂范百世！

胡友信

2024 年秋于穗园

笔墨生辉处，岭南新气象

　　作为《望江南·广州好》（第二辑）的责任编辑，在执笔
为本书撰写序言时，我心中充盈着对文字传承的敬畏与对作者
刘旭先生不断勇攀高峰的敬佩。四年前，我们以《望江南·广
州好》（第一辑）开启了岭南文脉的诗意互动探寻；今年再续
前缘，宛若重逢一位故友，其笔锋间流转的不仅是文字的淬
炼，更是他对生活、历史、家国情怀的深刻思考。

　　刘旭先生的诗词题材极为广泛，作为改革开放的亲历者，
第二辑与第一辑一脉相承，不仅表达了他对革命先烈的深情缅
怀，还表达了他对改革开放的热情礼赞及对岭南风物的抒情咏
叹。例如，在《忆秦娥·红花碧血》中，他深情讴歌了广州起
义烈士周文雍、陈铁军的壮烈事迹；在《沁园春·一带一路十
周年礼赞》中，他以豪迈的笔触描绘了"一带一路"倡议的

宏伟蓝图；在《江城子·红棉赞》中，他以广州市花红棉为意象，赞颂了英雄城市的品格；《江城子·永庆坊》《虞美人·黄埔新貌》等新作，既延续了"霞染骑楼千载韵，云裁广厦九霄图"的古典意境，又融入了"智造新城连碧宇，氢能战舰破沧溟"的科技意象。他的诗词跨越时空，展现了广州这座城市的深厚底蕴与蓬勃生机。

刘旭先生的诗词风格多样，既有豪放激昂的壮词，也有婉约细腻的抒情之作。如《临江仙·星海音乐厅》，以恢宏气势赞颂冼星海的音乐精神；如《声声慢·看〈繁花〉电视剧有感》，以细腻笔触描绘改革开放浪潮中的个人奋斗；此外，刘旭先生词中还巧妙嵌入演员名字（马伊琍、胡歌、唐嫣等），既贴合剧情，又增添趣味性，展现了作者对生活及时代变迁的敏锐观察。

重新审视这部凝结四年心血的新作，恍然发觉这不仅是《望江南·广州好》（第一辑）的延续，更是一部流动的城市文化备忘录。从西关大屋的雕花窗棂到琶洲展馆的玻璃幕墙，从十三行码头的帆影到南沙港区的龙门吊，刘旭先生用诗笔搭建起贯通古今的时空长廊，让读者在"千年商都承血脉，万里云途启新章"的咏叹中，触摸到广州作为枢纽之城的精神脉搏。每一首诗词，就像是一个时光之窗，透过窗口，我们可以看到广州的历史变迁、文化传承和发展进步。作者用诗词记录了这座城市的点点滴滴，让读者在阅读诗词的过程中，感受到广州的独特魅力和精神内涵。

相较于第一辑中以传统诗词为主的创作格局，第二辑还展现出令人耳目一新的艺术突破——刘旭先生将诗词、楹联、书法、歌曲和诗朗诵跨界融合，将楹联创作的精妙对仗化为《粤宴西关》中的时空穿越。以现代歌词重释经典广东音乐《彩云追月》，在诗歌的流转中架起传统与现代的虹桥。《虞美人·黄埔新貌》的现代节拍与《采桑子·红陵祭》的古典韵律形成对比，恰如珠江两岸的新旧对话。中国书法等级考试高级（10级）证书的取得，使刘旭先生能将诗词意境转化为笔走龙蛇的墨韵；这种从单一诗体向多元艺术形式的跨越，为读者带来了更加丰富和立体的阅读体验，恰似珠江潮涌般奔放而包容，印证着创作者在文学疆域的持续开拓。

从首辑38篇到续辑61首的体量扩张，不仅是数量的叠加，更是创作维度的跃升。犹记得第一辑时，15岁的作者对"镇海楼"的描摹尚停留于飞檐斗拱的形似，及至第二辑中的《钗头凤·迎春花市》，已能透过西湖花市的繁荣，捕捉到千年古道与现代商脉的锦绣千姿。通过诗词创作，作者不仅描绘广州的山水风物，还深入挖掘广州的文化内涵和精神实质。作者通过诗词，将岭南的过去、现在和未来紧密地联系在一起，让读者在品味诗词的同时，也能感受到岭南地区的独特魅力和发展潜力。作者通过重新诠释和诗意转译，让千年文化遗产在现代社会中焕发出新的活力。这种创意转化，体现着作者从个体情致抒怀向文明传承使命的蜕变。作者不再仅仅是为了抒发个人情感而创作诗词，而是试图挖掘这座城市的文化基因和精神内涵，展现改革开放以来广州的崭新发展和精神风貌。

站在珠江入海口眺望，这座千年商都的文化脉动正与时代浪潮共振。当我们在后记写下"谨以此书献给王可心先生"时，仿佛电影

《冰山上的来客》中《怀念战友》的歌曲在耳边回响，这不仅是缅怀逝去的亲密艺术伙伴，更是在致敬所有为文化传承架桥铺路的同行者。王可心先生等艺术家们为诗词集的出版付出了辛勤的努力，他们的艺术创作与刘旭先生的诗词相互映衬，共同推动了岭南文化的传承和发展。他们的贡献不仅在于艺术作品本身，更在于他们对文化传承的执着和热爱，为后来者树立了榜样。

作为两度合作的编者，我有幸见证了刘旭先生多年来在文化艺术道路上的蝶变。他创作能力的精进，恰似岭南榕树的生长——既有深扎传统的根系，又不断萌发拥抱时代的新枝。刘旭先生对作品的严谨态度令人动容，对历史细节的严谨考证，既体现了他对传统文化的尊重和敬畏，又保证了诗词中历史意象的准确性和可靠性。这种创作理念贯彻始终的执着，成就了诗集中每处意象的精准与每声韵脚的妥帖。作者在创作过程中，不仅注重诗词的意境和情感表达，还注重诗词的形式和韵律，力求做到每一处意象都精准生动，每一个韵脚都和谐优美。

对于即将翻开这本书的读者，您手持的不仅是墨香犹存的诗集，在这里，每个汉字都是文化基因的双螺旋，每首诗词都是传统与现代的对话录，而字里行间流淌的是岭南地区千年的历史文化和新时代的蓬勃朝气。读者在阅读诗词的过程中，能够感受到岭南文化的深厚底蕴和独特魅力，了解到广州这座城市的发展变迁和精神内涵。同时，也能看到作者在传承和创新岭南文化方面所做出的努力和尝试，体会到传统文化在现代社会中的生命力和价值。

本书恰似向世界递出一张浸染着岭南墨香的文化名片。在这里，传统诗词不再是博物馆里的青铜器，而是化作珠江潮头跃动的浪花；在这里，城市记忆不再是典籍中的铅字，而是成为每个人都能吟诵的生活诗篇。这或许正是当代文脉传承最动人的模样。诗词集以其独特的艺术魅力和文化内涵，向世界展示了岭南文化的风采，让更多的人了解和认识岭南地区的历史、文化和精神。同时，也为粤港澳大湾区的文化建设和交流做出了贡献，促进了大湾区文化的融合和发展。

《望江南·广州好》（第二辑）不仅是刘旭先生个人的文学创作，更是一部记录时代、反映社会的诗史。愿读者在品读这些诗词时，不仅能感受到文字之美，更能触摸到时代的脉搏，体悟到家国情怀与人生哲思的交融。同时，我更期待与刘旭先生的第三次握手，见证岭南诗派在新时代的更多可能。

赵瑞艳

2025 年 6 月 1 日

诗词类

诗词朗诵及歌曲类

楹联类

诗词类

七绝·海葳特行

海畔蛮腰醒晚欢，
葳蕤绚丽展平川。
特色玲珑音悦耳，
行如大小落珠盘。

注析

一、此诗写于 2021 年 1 月广州市。

二、广州塔（俗称"小蛮腰"）和琶醍坐落在广州市海珠区珠江畔，晚上华灯绚丽多姿，成为城市的亮丽风景线。

三、海葳特科技有限公司是广州市专精特新出口企业，其生产的耳机及智能穿戴产品深受广交会外商欢迎，广州电视台多次采访报道此公司。

四、"葳蕤"指茂盛、兴旺。

五、"行如大小落珠盘"，化用唐朝诗人白居易《琵琶行》中的诗句"嘈嘈切切错杂弹，大珠小珠落玉盘"，形容声音十分动听。

江城子·赏胡杨抒怀

千里塞外赏胡杨，

扎大漠，

挺风霜。

穹苍傲立，

唱生命华章。

莫怨他乡防疫滞，

怀梦想，

当自强。

花甲辰发少年狂，

挥笔墨，

游四方。

流金岁月，

诗书更激扬。

自信人生应破浪，

归桃士，

看刘郎。

注析

一、此词写于 2021 年 10 月，作者在内蒙古自治区阿拉善盟额济纳旗达来呼布镇观赏胡杨景色时所作。

二、因当地暴发新冠病毒疫情，作者在佳林商务宾馆隔离不能离开，超过 10 天；其间，度过 60 岁花甲生日。

三、作者此年出版了诗词集，并通过了中国书法等级考试（高级）。

四、"自信人生应破浪"，化用毛泽东《七古·残句》中的诗句"自信人生二百年，会当水击三千里"。

五、"归桃士，看刘郎"，化用唐朝诗人刘禹锡《再游玄都观》中的诗句"种桃道士归何处，前度刘郎今又来"。

七律·韩文公祠

韩文似海佛骨憎，

夕贬岭南广济城。

潮治兴学尊师道，

弊除为众树新风。

伯乐不常千里马，

勤才业可万般成。

喜忧进退先天下，

易姓江山颂启蒙。

注析

一、此诗写于2021年11月内蒙古自治区包头市，作者读韩愈诗文时，回忆去年夏天于潮州参观韩愈纪念馆（又称"韩文公祠"），有感而作。

二、韩文公祠建于北宋咸平二年（公元999年），位于广东省潮州市笔架山西麓，是中国现存最早纪念韩愈的祠宇，它背靠韩山，面临韩江。

三、韩愈于唐代元和十四年（公元819年）因谏烧毁佛骨而被贬为潮州刺史。他治潮不足八月，驱鳄释奴，劝农兴学，在潮州文化发展史上享有崇高的声誉，被民众歌颂缅怀，以至山水分别改名为韩山和韩江。

四、"韩文似海"，是指韩愈被后人尊为"唐宋八大家"之首，其诗文气势浩荡，有"韩文如海"的美誉。

五、"岭南广济城"，是指南方广东的潮州，古城有广济门，故称广济城。

六、"伯乐不常千里马"，化用韩愈《马说》中的"千里马常有，而伯乐不常有"。

七、"勤才业可万般成"，化用韩愈《进学解》中的"业精于勤荒于嬉，行成于思毁于随"。

八、"喜忧进退先天下"，是赞誉韩愈治潮有方，具有如宋朝范仲淹《岳阳楼记》中"是进亦忧，退亦忧""先天下之忧而忧，后天下之乐而乐"的名仕高尚情操。

七律·贺胡友信主任八十大寿

八十沧海经开放，

绚丽人生起云帆。

阔斧引资成大业，

披荆外贸挽狂澜。

慧眼识才德望厚，

无私敢为天地宽。

夕照行吟黄昏颂，

福星鹤寿比南山。

注析

一、此诗写于2022年3月7日广州市，原广州市外经贸委副主任胡友信（后任巡视员）是作者的老领导。恰逢胡主任八十大寿，特作此诗，以表祝福和敬佩之意。

二、"阔斧引资成大业"，是指敢想敢干，引进重大外资项目。"披荆外贸挽狂澜"，是指临危受命，接任广州外贸总公司总经理，敢抓敢管，使濒临倒闭的企业起死回生。

三、"无私敢为天地宽"，化用陶铸《七律·赠曾志》中的诗句"如烟往事俱忘却，心底无私天地宽"。

四、"夕照行吟黄昏颂，福星鹤寿比南山"，化用叶剑英元帅《七律·八十书怀》中的诗句"老夫喜作黄昏颂，满目青山夕照明"。

江城子·红棉赞

羊城三月攀枝放，

艳如火，

挺似钢。

柔情侠骨，

壮丽向穹苍。

最是红陵旭日升，

英雄树，

满庭芳。

正气勃发堪敬仰，

迎春绽，

去寒霜。

片片花朵，

昂首映朝阳。

江山自古印丹青，

风雨后，

更辉煌。

注析

一、此词写于 2022 年 3 月 21 日广州市。《羊城晚报·云上岭南》于 3 月 22 日在《岭南创艺·诗词》专栏上刊登此词。

二、"红棉"是指广州市市花木棉花，又称"英雄花"或"攀枝花"。

三、"红陵旭日"是羊城八景之一。

四、2024 年 11 月 22 日，广州市委宣传部指导、南方新闻网主办的"英雄花开英雄城"2024 广州传承弘扬红色文化网上征集活动评选结果揭晓，此词获"最佳人气奖"和"咏红棉"二等奖。

满江红·红船颂

开天辟地，

日出东方红满船。

乘信仰，

长征万里，

凤凰涅槃。

翻身作主激情荡，

开放改革潮涌宽。

中国特色领航破浪，

新纪元。

思想引，

渡雄关。

迎赶考，

未下鞍。

怀初心使命，

大众江山。

华夏千秋图伟业，

启程百载挂云帆。

捉鳖揽月挥波沧海，

凯歌还。

注析

一、此词写于2022年4月17日广州市。

二、"红船"，是指1921年7月中国共产党第一次代表大会由上海转移到浙江嘉兴南湖一艘画舫上举行，就此宣告了中国共产党的诞生。毛泽东同志作为十三名代表之一参与了此次会议。

三、"启程百载挂云帆"，指中国共产党提出的第二个百年奋斗目标。

四、"捉鳖揽月挥波沧海，凯歌还"，化用毛泽东《水调歌头·重上井冈山》中的词句"可上九天揽月，可下五洋捉鳖，谈笑凯歌还"。

七律·团一大纪念馆

五四悟觉朝气蓬，

团旗首义耀羊城。

反帝山移多壮志，

开疆蝶变主人翁。

扑火舍身歌秀丽，

为民奉献颂雷锋。

百载征程听党唤，

穹苍正举展风鹏。

注析

一、1922 年 5 月 5 日至 10 日，中国社会主义青年团第一次代表大会在广州召开，宣告中国共青团的诞生。在 2022 年建团一百周年之际，团一大纪念馆在广州建成开放，作者于 7 月份特去参观，并写下此诗。

二、"穹苍正举展风鹏"，化用宋朝词人李清照《渔家傲·天接云涛连晓雾》中的词句"九万里风鹏正举"，比喻正是大展身手的好时机。

破阵子·华南国家植物园

南粤百年种育，
园中万绿皆收。
花城秀色镶瑰宝，
润物无声吐碧幽，
生态引潮头。

更喜国家授誉，
焕镛铭耀韬谋。
已挽濒危泽大地，
甘将美丽沃神州，
同歌壮志酬。

注析

一、此词写于 2022 年 7 月 31 日广州市。

二、华南植物园由著名植物学家陈焕镛院士创建于 1929 年，是中国历史最悠久的植物学研究和保护机构之一。

三、2022 年 5 月 30 日国务院批准在广州设立华南国家植物园，7 月 11 日在广州揭牌成立，这是推进生态文明和美丽中国建设的重大举措。

四、"润物无声吐碧幽",化用唐朝诗人杜甫《五律·春夜喜雨》中的诗句"随风潜入夜,润物细无声"。

定风波·苏东坡

大江东去意未犹，

时宜不适谪孤舟。

千古文豪谁敌手？

廷斗，

一蓑烟雨任九州。

日啖荔枝东坡肉，

乐透，

诗书酒画美难收。

筑堤授业豪情抖，

舷扣，

抱月挟仙长遨游。

注析

一、此词写于 2022 年 8 月 7 日广州市。

二、苏轼是北宋文学家、书法家、美食家和画家，同时是一位历史上的治水名人。他是"唐宋八大家"之一，开创了宋词豪放派的先河。曾到杭州、密州等地任职，后因"乌台诗案"被贬黄州。晚年因与新党

政见不合，被贬惠州、儋州。

三、苏轼就任杭州时治水修建苏堤，在儋州时兴办学堂，在黄州创出"东坡肉"名菜，在惠州写下"日啖荔枝三百颗，不辞长作岭南人"的名句。

四、"一蓑烟雨任九州"，化用苏轼《定风波·莫听穿林打叶声》中的词句"一蓑烟雨任平生"，是指诗人身着蓑衣，任凭风吹雨打，照样过好自己的一生。

五、"舷扣，抱月挟仙长遨游"，化用苏轼《赤壁赋》中的"扣舷而歌之""挟飞仙以遨游，抱明月而长终"，表达了乐观豁达、宠辱不惊的人生态度，为后世所景仰。

七绝·参谒惠州西湖王朝云墓有感

时宜不适嘲苏轼，

千里谪随竟未辞。

同是伊人知己遇，

水光潋滟胜西施。

注析

一、此诗写于 2023 年 5 月 14 日广东省惠州市。《羊城晚报·云上岭南》于 9 月 29 日在"岭南创艺·诗词"专栏上刊登此诗。

二、王朝云与大文豪苏轼于杭州西湖相识为伴，曾笑苏轼一肚子装的都是不合时宜；苏轼屡次被贬，王朝云与之同甘共苦，不离不弃；跟随苏轼谪居广东惠州西湖时病逝，葬于栖禅寺。苏轼亲撰墓志铭，并作诗词怀念。

三、苏轼任杭州通判期间，与朋友同游西湖并宴饮，王朝云及所在歌舞班助兴起舞。苏轼触景生情，挥毫写下著名的《七绝·饮湖上初晴后雨》："水光潋滟晴方好，山色空蒙雨亦奇。欲把西湖比西子，淡妆浓抹总相宜。"

四、"同是伊人知己遇"，是指王朝云与春秋战国时期美女西施，同因与知己偶遇而最终结下良缘。

南乡子·梁启超

岭南乳虎狂，

公车上书亮锋芒。

维新百日谁猛将？

康梁。

自古英雄年少强。

学贯中西方，

激扬著论清华堂。

教子有方媳俊采，

栋梁。

齐家爱国满庭芳。

注析

一、2022 年 10 月，作者赴广东省江门市新会区参观梁启超故居，有感而发，写下此词。

二、梁启超 12 岁进学，17 岁中举，是中国近代思想家、教育家和文学家，师从康有为，二人并称"康梁"。1895 年，康有为与梁启超联合各省 1000 多名举人，发动"公车上书"运动，联名上书清廷，主张拒和、迁都，实行变法，揭开了维新运动的序幕。

三、"自古英雄年少强"，化用梁启超代表作《少年中国说》中的"少年强则国强""少年雄于地球，则国雄于地球""乳虎啸谷，百兽震惶"等。

四、梁启超曾任清华国学院导师，著书颇丰，达1500万字，曾发表著名演讲《君子》。

五、尤其令人称道的是梁启超的家庭教育方法，他九个子女中出了三名院士，其他子女也皆才俊。长子梁思成是中央研究院首届院士、著名建筑学家。儿媳林徽因也成就斐然，是中国第一位女建筑学家，参与设计了中华人民共和国国徽，与丈夫梁思成共同创办了清华大学建筑系。

六、"齐家爱国满庭芳"，化用《礼记·大学》中的"修身齐家治国平天下"。

七绝·无题

茉莉银装飘穗城，

君临珠水舞霓灯。

如烟往事随风去，

意只青绿释此生。

注析

一、此诗写于 2022 年 12 月广州市。

二、2022 年央视春节联欢晚会上演出了以宋朝王希孟创作的中国十大名画之一的《千里江山图》为灵感而创作的《只此青绿》舞蹈诗剧，展现出对祖国大好河山以及中华优秀传统文化的赞美。本诗中的"意只青绿释此生"，可引申为高雅脱俗、淡泊明志的人生态度。

七律·五羊杯中国象棋邀请赛复办

喜庆元宵杯赛来，

方盘挂唱荔湾台。

新王汉界挥兵过，

老将楚河架炮开。

四海枭雄齐论剑，

八方观众共欢怀。

缅念官璘承首创，

棋逢国泰盛无衰。

注析

一、此诗写于 2023 年 2 月广州市。

二、2023 年元宵节之际，由中国象棋协会、羊城晚报社、广州市体育局和荔湾区人民政府联合主办的第 30 届"五羊杯"全国象棋冠军邀请赛在广州市荔湾区文化公园中心台重新举办。16 位历届全国象棋锦标赛冠军齐聚一堂，"华山论剑"。

三、"五羊杯"是中国象棋顶级品牌赛事。1981 年 1 月，由杨官璘、胡荣华、柳大华创办，霍英东先生赞助的"五羊杯"在广州文化公园诞生。赛事每年举办一次，只由历届全国冠军参加，之前共举办 29 届，于 2010 年停办。

七律·六榕寺

榕树婆娑梵语升，

千年古刹隐羊城。

参禅墨匾缘苏轼，

顿悟坛经仰慧能。

入寺修为知世事，

登塔放眼释浮生。

静坐常倾般若智，

吾心归处是明灯。

注析

一、此诗写于 2023 年 2 月 12 日广州市。

二、六榕寺是广州市著名的佛教古寺，建于南朝时期，时称"宝庄严寺"。北宋时期寺内供奉佛教禅宗六祖慧能铜像，改为"净慧寺"。后大文豪苏轼由海南贬所北归来寺中游览，题书"六榕"二字，遂称为"六榕寺"。1983 年被国务院确定为汉族地区佛教全国重点寺院。

三、广州是唐朝慧能正式剃度为僧之地。之后，慧能步行向北求法，后南归岭南，直至韶关南华寺，他长期在此地弘法，并开创南宗禅学。六祖真身像现供奉于南华寺。

四、花塔位于六榕寺中央，刻有 1023 尊佛像，也称千佛塔，呈平面八角形，外 9 层，内 17 层，高 57.6 米，朱栏碧瓦，丹柱粉壁，成为广州这座历史文化名城的标志性建筑。

诉衷情·增城谣

仙姑故里欲何寻？

挂绿超众芸。

一江翠玉萦绕，

飞瀑疑穿云。

迟菜心，

丝苗米，

酣畅巡。

如画田园，

如歌客语，

如醉碧浔。

注析

一、此词写于2023年2月26日广州市。

二、何仙姑是著名民间传说中的"八仙"之一，据清代阮元《广东通志》所引的"何仙姑记"，何仙姑乃广东增城人。

三、增城挂绿是荔枝中的珍稀品种，属中国国家地理标志产品，迟菜心和丝苗米也是增城特产。

四、白水寨风景区在增江附近，其中牛牯嶂海拔 1088 米，白水仙瀑布落差达 420 多米。

五、增城客家山歌《过山拉》在 2009 年被评为广州市非物质文化遗产。

六、"碧浔"，指增江边的绿道。它利用山水田园的生态资源，在国内首创建设了 40 千米增江画廊的沿江游绿道网，成为美丽乡村建设和旅游经济发展的一大亮点。

五律·广州国际生物岛

珠江东汇处，

僻壤化蓬莱。

虹霞砌上洒，

绿道花间开。

筑巢研生物，

引凤绘未来。

官洲凭海阔，

论剑荟英才。

注析

一、此诗写于 2023 年 3 月 18 日广州市。

二、广州国际生物岛原名官洲岛，是位于广州市东南端珠江后航道上的江心岛，占地约 1.83 平方千米，生态优美，建有环岛绿道；集聚了国内外重点生物医药研发企业，是国际重要的生物医药研发基地，2008 年国务院《珠江三角洲地区改革发展规划纲要》把它上升为国家发展战略。

三、"官洲论坛"是广州市全球生物产业创新发展的高端学术盛会，从 2017 年起每年在广州国际生物岛举办。

七律·黄花岗七十二烈士墓

凄雨黄花忆旧尘，

辛亥前夜起枪声。

抛颅斩虏惊天地，

与妻别书泣鬼神。

难酬蹈海英雄气，

不畏探求主义真。

面壁百年图破壁，

神州抖擞后来人。

注析

一、此诗写于 2023 年 4 月 5 日广州市，创作时正值清明节。

二、1905 年 8 月，中国同盟会成立，孙中山被推举为总理，确立了"驱除鞑虏，恢复中华，创立民国，平均地权"的政治纲领。

三、1911 年 4 月 27 日，孙中山先生领导的中国同盟会为推翻清王朝的统治，在广州举行起义，由黄兴、赵声负责组织起义，这次起义成为辛亥革命的前奏。起义失败后，同盟会会员潘达微冒着生命危险，将七十二具烈士遗骸收殓，安葬于红花岗，并将红花岗改为黄花岗。1961 年，黄花岗七十二烈士墓被国务院公布为全国第一批重点文物保护单位。

四、《与妻书》是黄花岗起义烈士林觉民于起义前 3 天写给妻子陈意映的绝笔信。这封感人至深的信，把对妻子亲人的爱和对国家人民的爱熔铸在一起，道出若没有国家和人民的幸福，就不会有个人真正幸福的至理。

五、"难酬蹈海英雄气"和"面壁百年图破壁"，化用周恩来《七绝·无题》中的诗句"面壁十年图破壁，难酬蹈海亦英雄"。

七律·荆州怀古

有借无还埋祸根，

单刀赴会以为神。

魏阵淹消添傲气，

麦城败走憾终身。

审失进退威名裂，

互逆欢悲天道深。

明察史鉴知兴替，

厚朴德成且饶人。

注析

一、此诗写于 2023 年 4 月 14 日湖北省荆州市。

二、荆州是中国历史文化名城，是著名的三国古战场，历来为兵家必争之地；历史上"刘备借荆州""关羽大意失荆州"等脍炙人口的故事都发生在这里。

三、"明察史鉴知兴替"，化用《旧唐书·魏徵传》中的"以史为鉴，可以知兴替"。

七绝·榕

一木成林天地容,

深根广袤岭南中。

雨打风摧仍挺毅,

荫泽似海世人崇。

注析

一、此诗写于 2023 年 4 月 22 日广州市。

二、榕树以"独木成林"而闻名,主要生长于广东、广西、福建等地。

满江红·珠江夜游

华灯初放，
粤韵茶香上画船。
凭栏仰，
心潮逐浪，
春意阑珊。
双堤玉宇琼楼过，
一水流光溢彩宽。
峥嵘岁月随风飘散，
醉岭南。

星海望，
曲犹酣。
琶醒盏，
会展欢。
品千年商埠，
丝路港湾。
塔化嫦娥纤态舞，
琴成鹊拱海心弹。
天涯邻比柔情似水，
共婵娟。

注析

一、此词写于 2023 年 4 月 30 日广州市。次日，此词被《羊城晚报·云上岭南》登载。

二、"珠江夜游"是广州最著名的游玩路线之一，游客登船夜游珠江，可欣赏沿途的广州塔（俗称"小蛮腰"）、星海音乐厅、海心桥、花城广场、琶醍等广州标志性景观建筑及璀璨夜景。

三、海心桥是广州首座飞架珠江两岸的人行桥，是世界上跨度最大、宽度最宽的曲梁斜拱人行桥。海心桥由中国工程院院士、华南理工大学建筑设计研究院首席总建筑师何镜堂设计，造型概念来自"琴鸣绢舞·岭南花舟"，将桥梁完美融入广州中轴线步行系统。

四、"星海望，曲犹酣"，是指望见二沙岛上的广东籍"人民音乐家"冼星海的塑像和星海音乐厅，著名的《黄河大合唱》犹在耳边回响。

五、广州市是千年商都，海上丝绸之路起点之一。

六、琶醍是珠江啤酒文化创意艺术区，紧邻中国展览面积最大的中国进出口商品交易会展馆（广交会展馆）。

七、"鹊拱"和"柔情似水"，化用宋朝诗人秦观《鹊桥仙·纤云弄巧》中的词句"柔情似水，佳期如梦，忍顾鹊桥归路"。

八、"天涯邻比"，化用唐朝诗人王勃《五律·送杜少府之任蜀州》中的诗句"天涯若比邻"。

青玉案·广州市文化馆新馆

海珠轩楼气宇腾，

唐宋韵，

秦汉风。

梦回仙羊五谷丰。

纵览物华，

欲穷塔月，

步步更高层。

非遗绣彩粤音升。

十里八桥亭水逢。

岭南园艺浑天成。

挥墨宏图，

神州再造，

泱泱壮怀生。

注析

一、此词写于 2023 年 6 月 2 日广州市。

二、广州市文化馆新馆是目前全国最大的文化馆，坐落在风景优美

的海珠湖东侧，地处城市新中轴线南段，建筑面积5.4万平方米，用地面积约14.2万平方米。新馆以"十里红云一湾水，八桥画舫十六亭"为设计主题，用传统建筑和园林空间再现岭南水乡园林的特色，包含公共文化中心、翰墨园、曲艺园、广府园、广绣园等主题园林建筑。

三、公共文化中心的中心阁共5层，是全园最高建筑，保存着许多广州"非遗"宝藏，向外可望见广州塔（俗称"小蛮腰"）这一广州市标志性建筑。

四、"梦回仙羊五谷丰"，指广州"五羊衔谷"的传说，古代有骑着羊的五个仙人，把稻穗赠给广州人，救了当地饥荒。因此广州称为"羊城"和"穗城"；五羊象征着广州城的繁荣安宁。

五、"欲穷塔月，步步更高层"，化用唐朝诗人王之涣《五绝·登鹳雀楼》中的诗句"欲穷千里目，更上一层楼"，以及广东音乐《步步高》。

七律·荔枝咏

盛夏羊城红荔痴，

温泉两岸果连枝。

香肌美若天仙雪，

玉液醇如贡蜜汁。

皇妃抿笑一骑际，

苏轼狂尝百粒时。

借问群芳何最爱？

双娇桂味糯米糍。

注析

一、此诗写于 2023 年 6 月 8 日广州市。

二、广州是岭南佳果荔枝之乡，从化和增城是荔枝主产区，也是著名的温泉区。

三、"皇妃抿笑一骑际"，化用唐朝诗人杜牧《过华清宫绝句三首·其一》中的诗句"一骑红尘妃子笑，无人知是荔枝来"。

四、"苏轼狂尝百粒时"，化用宋朝诗人苏轼《七绝·食荔枝》中的诗句"日啖荔枝三百颗，不辞长作岭南人"。

五、桂味和糯米糍的品质在岭南荔枝中名列前茅，妃子笑、怀枝等品种的荔枝也饱受欢迎。

西江月·中共三大会议百年纪念

联袂春园国共，
振兴终仗工农。
统一战线为法宝，
真理冲破牢笼。

壮曲黄花回荡，
坚怀使命初衷。
打铁炉火须趁热，
熠熠天下大同。

注析

一、此词写于 2023 年 6 月 12 日广州市。

二、春园位于广州市越秀区新河浦路，是一式三幢并列的三层砖混结构的西式建筑。1923 年 4 月，中共中央机关从上海迁到广州春园。中共三大期间，春园成为中央机关人员活动的地方，诸多领导人曾在此处讨论修改中国共产党党纲、党章，起草大会宣言和各次决议草案。2013 年 3 月春园被公布为全国重点文物保护单位。

三、1923 年 6 月 12 日至 20 日，中国共产党第三次全国代表大会在广州召开，决定共产党员以个人身份加入国民党，以实现国共合作，同时保持共产党在政治上、思想上、组织上的独立性。大会选举陈独秀、蔡和森、毛泽东等5人组成中央局。大会正式确立革命统一战线的方针政策。党的三大之后，在中国共产党的推动下，孙中山先生改组了国民党，确定"联俄、联共、扶助农工"的三大政策，召开了国共合作的国民党第一次全国代表大会，第一次国共合作正式建立，全国掀起了轰轰烈烈的反帝反封建运动，促进了中国人民革命热情的高涨。

四、"统一战线、武装斗争和党的建设"，是中国共产党在中国革命中战胜敌人的"三大法宝"。

五、会议结束的当天，全体代表到黄花岗七十二烈士墓前，在瞿秋白的指挥下高唱《国际歌》，中共三大在雄壮的国际歌声中闭幕。

六、"天下大同"，源自《礼记》，是对中国古代追求理想世界的描述，代表着人类对未来社会的美好憧憬，即天下一家、人人平等、友爱互助的太平盛世。

江城子·龙舟竞渡

端午百舸闹珠江，

旌鼓奋，

彩龙昂。

碧波斩浪，

夺锦齐铿锵。

凭吊屈原忠烈气，

酹觞洒，

粽味香。

离骚求索路修长，

潮头立，

志未央。

飞流击水，

风雨愈坚强。

共梦复兴沧海济，

同舟渡，

国盛昌。

注析

一、此词写于 2023 年 6 月 17 日广州国际龙舟邀请赛。

二、"离骚求索路修长",化用战国时期的楚国诗人屈原《离骚》中的诗句"路曼曼其修远兮,吾将上下而求索"。

五绝·太平馆西餐厅纪事

颖超慕客至，

喜庆迎恩来。

佳肴联璧玉，

美似海棠开。

注析

一、此诗写于 2023 年 6 月 23 日广州市。

二、1925 年 8 月 8 日，邓颖超来到广州，与时任黄埔军校政治部主任的周恩来成婚，在北京路的太平馆西餐厅举行婚宴。诗中第一、二行，隐藏着他俩的名字。

三、据说，周恩来总理最喜爱海棠花，它象征着优雅美丽和富贵满堂。

四、2025 年迎来周恩来总理与邓颖超在这里举行婚宴一百周年。

七绝·和黄志德先生

中秋亚运竞名伶，

矫健银屏赢众倾。

西湖胜景岭南夜，

喜引玉郎醉月情。

注析

一、此诗写于2023年9月30日。藉中秋佳节在广州欣赏杭州第16届亚运会精彩比赛之际，收到诗词和书法名家黄志德先生新诗《七绝·中秋夜雨赋》，欣然步其韵奉和。

二、附黄志德先生原诗：

七绝·中秋夜雨赋

蟾宫独酌叹孤伶，

半醉嫦娥把泪倾。

洒落红尘翻作雨，

凭谁抚慰女儿情。

七律·中山纪念堂

红棉古柏彩璃光，

穹顶飞檐雄殿装。

彦直妙构雕瑰宝，

总理遗言耀碧堂。

重事轻官公社稷，

知潮顺势论兴亡。

壮志何须悲旧憾，

丹青后继更辉煌。

注析

一、此诗写于 2023 年 10 月 3 日广州市。

二、中山纪念堂坐落在广州市越秀山下，纪念堂的设计师为我国著名建筑师吕彦直先生，1929 年 1 月动工（同年吕彦直先生病逝），1931 年 11 月建成；是一座八角形中西合璧的宫殿式建筑，庄严宏伟；屋顶全部采用蓝色琉璃瓦，前檐下横匾高悬孙中山手书的"天下为公"，堂内有总理遗嘱的汉白玉石碑。它是全国重点文物保护单位，中国建筑艺术的杰作之一。

三、孙中山，广东中山人，是伟大的民主革命先行者，以"世界潮流，浩浩荡荡，顺之则昌，逆之则亡"为座右铭，曾在中山大学发表"要立志做大事，不要做大官"的著名训言。

望江南·广州好

广州好，

春润木棉煌。

夏韵蛮腰江月映，

秋怡会展粤珍香。

冬恋荔泉乡。

注析

一、此词写于 2023 年 10 月 3 日广州市。

二、广州四季宜人。木棉花是广州市市花，每年三至四月盛开。

三、广东音乐、粤剧、广州塔（小蛮腰）、珠江夜游、广式月饼、粤菜、早茶、荔枝、温泉等都具有典型的岭南文化特色。

四、每年秋季的广交会，都吸引着来自世界各大洲的客商云集广州商洽。

沁园春·"一带一路"十周年礼赞

丝绸之路，

千里大漠，

万里浩洋。

望神州内外，

古道新妆。

钢铁驼队，

呼啸通邦。

巨轮跨海，

货贾星驰，

风鹏正举达四方。

亚投行，

雄财恃伟略，

与国无疆。

十年硕果飘香，

引无数凋零变盛昌。

赞共建共商，

开放领航。

互联互鉴，

相得益彰。

春华秋实，

连横合纵，

人类命运齐担当。

擘宏图，

顺潮和天下，

其道大光。

注析

一、此词写于 2023 年 10 月 18 日广州市。次日，《羊城晚报·云上岭南》在《岭南创艺·诗词》专栏上刊登。

二、习近平主席 2013 年访问哈萨克斯坦、印度尼西亚期间，先后提出共建丝绸之路经济带和 21 世纪海上丝绸之路的重大倡议。建设"一带一路"，是中国全方位对外开放的重大举措，是推动人类命运共同体的重要实践平台。

三、中欧班列是往返欧亚大陆的"钢铁驼队"，截至 2025 年 5 月已通达欧洲 25 个国家 217 个城市，有力保障了国际产业链供应链的稳定。

四、亚洲基础设施投资银行已从 57 个创始成员，发展壮大到 100 余个成员，惠及 34 个亚洲域内与域外成员。

五、"一带一路"倡议 10 周年之际，2023 年 10 月 17 日至 18 日第三届"一带一路"国际合作高峰论坛在北京召开，140 多个国家、30 多个国际组织的代表出席。

临江仙·星海音乐厅

风吼马叫浪千重，

梦回岁月峥嵘。

掀起万众敌忾同。

磅礴曲似瀑，

壮丽歌如虹。

英魂故里立琴宫，

挥振江渚临风。

史诗讴唱韵无穷。

丰碑情永在，

星海天籁中。

注析

一、此词写于 2023 年 10 月 25 日广州市。

二、星海音乐厅于 1998 年建成于广州市珠江之畔的二沙岛，以"人民音乐家"冼星海（广州市番禺区人）的名字命名，每年广州新年音乐会都在这里举办。充满现代感的双曲抛物面似撑起盖面的巨大钢琴，与蓝天碧水浑然一体，是国际公认声场效果最好的艺术殿宇之一。在 4800

平方米的音乐文化广场上，高耸着冼星海振臂指挥《黄河大合唱》的塑像。

三、《黄河大合唱》由光未然作词、冼星海作曲，1939年4月在延安鲁迅艺术学院成立一周年的音乐晚会上正式公演，由冼星海任指挥。作品以黄河为象征，气势磅礴地讴歌了中华民族坚贞不屈、顽强抗争的英雄气概和伟大精神，成为中国乃至世界音乐史上的一座里程碑。作品以撼人心魄的力量，获得空前成功，在海内外广为传唱。周恩来同志为《黄河大合唱》亲笔题词赞誉："为抗战发出怒吼，为大众谱出呼声！"

四、1969年殷承宗等6人将《黄河大合唱》歌曲改编为《黄河钢琴协奏曲》。1970年5月，由殷承宗钢琴独奏、李德伦指挥的中央乐团在北京民族文化宫剧院正式公演，在国内引起强烈反响，其史诗般的旋律深入人心，成为世界音乐史上赫赫有名的一首中国协奏曲。

五律·怀念李克强总理

皖村一布衣，

北大奋及第。

放权倚管服，

双创兴经济。

仁政泽贫微，

扶农赞快递。

尽瘁丝方休，

亲民好总理。

注析

一、作者于 2023 年 10 月 27 日在澳门旅游期间，惊悉年仅 68 岁的国务院原总理李克强因突发心脏病逝世，特作此诗，以表缅怀。

二、2016 年 5 月 9 日，李克强总理主持召开全国推进简政放权放管结合优化服务改革电视电话会议并提出：持续推进简政放权、放管结合、优化服务（简称"放管服"），不断提高政府效能。

三、2014 年夏季达沃斯论坛上，李克强总理首次提出"大众创业，万众创新"（简称"双创"）的号召，旨在促进中国经济的发展。

临江仙·澳门新印象

回望金莲盛世蓬，

琼楼璀璨丛生。

濠江两岸不夜城。

商旅无黑霸，

展娱有大亨。

伶仃桥贯似龙腾，

港珠澳共分羹。

搭台葡语广结盟。

赛道飙车爽，

前程更拉风。

注析

一、此词写于 2023 年 10 月 29 日中国澳门特别行政区。

二、1999 年 12 月 20 日澳门回归祖国，澳门特别行政区成立。澳门的区花是莲花，金莲花广场是为庆祝澳门回归祖国而建的，中央人民政府赠送的《盛世莲花》金色雕塑立于广场之中。

三、港珠澳大桥是一座连接香港、澳门和广东珠海的桥隧工程，位

于珠江口伶仃洋海域，全长 5.5 千米，因超大的建筑规模、空前的施工难度和顶尖的建造技术而闻名于世。

四、澳门特别行政区是中国与葡语国家开展合作的重要平台。

五、每年 11 月举办的澳门格兰披治大赛车是澳门体坛盛事，以赛道多弯、狭窄而闻名于世，是世界上最古老的街道车赛。

醉花阴·食在广州

天下食都看广府，

博采出翘楚。

众里寻辉星，

赤壮红皮，

百鸟朝凤舞。

千年品脉创新赋，

芝士龙虾馥。

茗点靓汤香，

滋润功夫，

舌尖胜无数。

注析

一、此词写于 2024 年 1 月 31 日广州市。

二、2024 年 1 月 29 日，广州首次举办"食在广州"品牌发布会，推出了第一批"食在广州"星级餐厅和品牌产品。

三、粤菜历史悠久，起源于 2000 多年前的汉初。它博取百家之长，色香味俱全，是中国最具代表性、最有世界影响的菜系之一。如今，粤

菜以"食在广州"的声誉驰名中外。

四、著名粤菜"红皮赤壮",即烧肉,寓意"身体健康,龙马精神";"百鸟朝凤",即以鸡肉为主料做的菜式,寓意"吉祥如意"。

钗头凤·迎春花市

醒狮过，

牌楼阔，

西湖闹市游鲫若。

昼花惑，

夜华烁，

锦绣千姿，

繁芳万朵。

火，火，火。

古道豁，

大佛佐，

地利天时人更拓。

迎春络，

送冬落。

不畏寒霜，

欣得盛果。

绰，绰，绰。

注析

一、此词写于 2024 年 2 月 6 日广州市。

二、广州被誉为"花城",每年春节前都举办迎春花市,迎春花市是国家级非物质文化遗产之一。最具代表性的是西湖花市,它形成于明清时期,核心区域位于西湖路与教育路交界处（邻近北京路步行街）。

三、西湖迎春花市紧邻千年古道遗址（位于北京路步行街），以及始建于南汉时期被称为"广府佛教五大丛林"之一的大佛寺。

四、绰,指绰约多姿。

七绝·春节烟花汇演重归

挥去昨昔寂寥天，

银花火树舞翩跹。

鹅潭三岸流光映，

共擎龙腾庆瑞年。

注析

一、2024 年 2 月 10 日（农历龙年正月初一）晚，广州春节烟花汇演在阔别 12 年后，重新在珠江白鹅潭上空盛大开启，作者特作此诗。

二、白鹅潭是珠江流经广州中心城区江面最宽河段的著名景点，它的三面江岸分别是海珠区、荔湾区的西关片区和芳村片区。

沁园春·广东音乐

粤乐丝竹，

百年享誉，

广府侨乡。

硬软弓上演，

高胡亮妆；

平湖秋月，

青出于杭。

双凤朝阳，

醒狮走马，

娱乐升平气象昂。

鸟投林，

天人合一曲，

活色生香。

岭南独好风光，

引高山流水谱名章。

叹芭蕉雨打，

清趣悠扬；

赛龙夺锦，

豪迈铿锵。

浩瀚星空，

彩云追月，

泱泱大雅登国堂。

步步高，

祈普天顺遂，

龙凤呈祥。

注析

一、此词写于 2024 年 2 月 18 日广州市。

二、广东音乐（又称"粤乐"）起源于明代万历年间，是传统丝竹乐种，风格清新明快、悠扬动听、活泼优美，流行于粤港澳大湾区和海外华人集聚地区。它是岭南文化三大瑰宝之一，也是国家级非物质文化遗产。

三、广东音乐的主要乐器有硬弓组合（二弦、提琴、三弦、月琴、横箫）、软弓组合（高胡、扬琴、秦琴）等。

四、广东音乐名曲《彩云追月》曾被清朝两广总督抄送皇宫演奏，此外，广东音乐还有《雨打芭蕉》《赛龙夺锦》《步步高》《平湖秋月》《鸟投林》《娱乐升平》《醒狮》《走马》和《旱天雷》等代表作品。

鹊桥仙 · 广州农讲所

学宫俊采，

使命策源，

拨云雾毛委员。

敌友分清揭首要，

工农聚力竟开元。

星星之火，

可以燎原，

初心气宇昂轩。

历史潮流谁可挡？

枪杆里面立新权。

注析

一、此词写于 2024 年 2 月 27 日广州市。

二、广州是中国革命的重要策源地之一。从 1924 年 7 月至 1926 年 9 月，在广州番禺学宫旧址开办了六届广州农民运动讲习所，培育了来自全国各地的 800 多名农民运动的人才。学员们的使命，就是组织农民协会、建立农民自卫军、参加东征和北伐、发动武装起义和斗争等。

三、"俊采"出自唐朝诗人王勃《滕王阁序》，原句"俊采星驰"指天下的才俊如同繁星般闪耀，在本词指来自全国各地的农民运动人才。

四、毛泽东同志（时称毛委员）任广州农讲所第六届所长，高瞻远瞩，拨开云雾，提出了"谁是我们的敌人？谁是我们的朋友？这个问题是革命的首要问题"，为中国共产党领导的中国革命指明了前进的方向。

五、"开元"，是指开创新阶段、新纪元。

七律·喜获高级书法证抒怀

腰劳臂损何足夸，

三载勤耕菜鸟刷。

常临隶楷神形正，

渐悟草行体势滑。

墨似羲之帖起舞，

梦成米氏笔生花。

甘来苦尽得天乐，

腹有诗书气自华。

注析

一、作者通过隶、楷、行、草4种字体考试，于2024年3月15日获得中国书法等级高级（9级）证书，特作此诗以表喜悦之情。

二、作者的毛笔书法水平从2020年初的入门级别起步，在中国书法家协会会员、雪墨书院院长汪之成的指导下，在三年内先后勤练了《曹全碑》隶书、欧阳询《九成宫醴泉铭》楷书、王羲之《圣教序》行书、米芾《蜀素帖》行书和《双观帖·草诀百韵歌》草书。此外，作者还习练了《峄山碑》篆书，共掌握了5种书法字体。

三、王羲之，东晋时期书法家，有"书圣"之誉。"米氏"，即米芾，北宋时期书法家，尤以行书和草书著称。

四、"腹有诗书气自华"，引自宋朝苏轼《和董传留别》。

相见欢·广东温泉宾馆随感

涓涓碧涌氡藏，

沐珍汤。

欲与风流人物共颐康。

松园雅，

兰苑润，

翠溪芳，

忘返流连沉浸荔泉乡。

注析

一、此词写于 2024 年 3 月 3 日广州市从化温泉镇。《羊城晚报·云上岭南》3 月 16 日登载。

二、广州市从化温泉处于北回归线上，是含氡及多种矿物质的珍稀苏打泉，被称为"岭南第一泉"和"汤泉"，是中外驰名的疗养胜地。

三、广东温泉宾馆坐落在从化温泉风景区内，毛泽东、周恩来、朱德、刘少奇等老一辈党和国家领导人曾下榻于此，有"中南海冬都"之称。

四、"欲与风流人物共颐康"，化用毛泽东《沁园春·雪》中词句

"数风流人物，还看今朝"。

五、从化荔枝是著名的岭南佳果。

长相思·詹天佑

志未穷，

济世穷。

京张铁路创首功，

海归才俊雄。

粤汉通，

川汉通。

神州纵横贯长龙，

丰碑万古崇。

注析

一、此词写于 2024 年 5 月 1 日广州市。

二、詹天佑被称为"中国铁路之父"，故居在广州市荔湾区永庆坊。他作为中国第一批赴美留学幼童，1881 年本科毕业于耶鲁大学土木工程专业。

三、詹天佑是中国首位铁路总工程师，为我国早期铁路事业奋斗终生，主持并成功修建京张铁路，享誉国内外。此后，还主持修建粤汉铁路、川汉铁路等铁路。

四、詹天佑1919年4月病逝于武汉，1922年移葬在北京八达岭下并立纪念铜像。

忆秦娥·邓世昌纪念馆

出南粤，

披风执剑抗倭掠。

抗倭掠，

舰挥黄海，

怀报天阙。

甘将碧血忾敌尽，

敢承壮志舍身越。

舍身越，

气怵霄汉，

辉染皓月。

66

注析

一、此词写于 2024 年 5 月 4 日广州市，当日于《羊城晚报·云上岭南》登载。当年是邓世昌壮烈殉国 130 周年，邓世昌纪念馆位于广州市海珠区。

二、邓世昌，广东广府番禺县（今属广东省广州市海珠区）人，清末海军将领，民族英雄。1894 年 9 月甲午战争中，邓世昌指挥"致远"

舰勇敢对日作战；在战舰受重创情况下，邓世昌视死如归，全速撞向日本主力舰"吉野"号，不幸鱼雷发射管被敌击中，舰船沉没，全舰官兵壮烈殉国。

七律·忆海儒

时逢五月思海儒，

侠骨同窗胜手足。

礼贤满座八方友，

乐助冰心一玉壶。

智勇宽怀虚若谷，

亲和妙语笑连珠。

流水高山情永在，

知音难觅此生无。

注析

一、此诗写于 2024 年 5 月 6 日广州市，吴海儒与作者是 2003 年广州市委党校处级任职班同组的同学，吴海儒后任广州市人民政府办公厅副巡视员，2017 年 5 月 6 日因突发心肌梗塞去世，年仅 54 岁。藉吴海儒同学逝世 7 周年之际，特作此诗，以表深切怀念之情。

二、"乐助冰心一玉壶"，化用唐朝诗人王昌龄《芙蓉楼送辛渐》中的诗句"一片冰心在玉壶"，指乐于助人，内心情操纯净高洁。

永遇乐·英歌舞

推旧出新，

粤东蹦起中华街舞。

铁马金戈，

一百零八演活好汉谱。

南派斗技，

刚浑战阵，

尽呈华夏威武。

蓦回溯，

多少豪杰，

浪淘侠情水浒。

时迁蛇引，

李逵黑粗，

关胜头槌红酷。

四虎并驱，

双龙出海，

耍古今套路。

击节打鼓，

敲锣伴乐，

激发欢庆无数。

喜凭人，

非遗远播，

英名再塑。

注析

一、此词写于 2024 年 5 月 20 日广州市。

二、英歌舞源于明朝，主要流行于广东省东部的潮州、汕头和揭阳等地区。它是糅合南派武术、舞蹈、战阵等地方艺术为一体的民间广场舞，寓意为"祈求平安、避灾驱邪、欢庆吉祥"。英歌舞曾登上北京奥运会、上海世博会和广交会的舞台，并传播到英国和泰国等国家，蜚声中外，被称为"中华战舞"或"中华街舞"。

三、表演队伍的角色均为《水浒传》中的英雄豪杰，舞蛇者时迁协助引舞，另设两个领舞者，一个是红面红须的"头槌"关胜，另一个是黑面黑须的"二槌"李逵。

四、表演者双手持短棒舞击，伴奏者敲锣打鼓，节奏强劲；队形变化有"四虎并驱""双龙出海""长蛇挺进"等 18 套式。

五、2006 年 5 月，英歌舞入选第一批国家级非物质文化遗产名录。

忆秦娥·红花碧血

寒风冽，

羊城起义同心邂。

同心邂，

敌后比翼，

狱中并烈。

枪声竟似证婚响，

身躯不惧为群裂。

为群裂，

英雄礼赞，

红花碧血。

注析

一、此词写于 2024 年 6 月 2 日广州市。

二、周文雍，广东开平人，1927 年 12 月 11 日广州起义时任工人纠察队总队长、中共广州市委组织部部长兼工委书记等职。陈铁军，广东佛山人，共产党员，受党的派遣，假扮周文雍妻子。周陈二人一起参加了广州起义，他们在革命斗争中建立了爱情，后因叛徒出卖而同时被捕。

1928年2月6日，两人在广州红花岗刑场从容就义。

三、周文雍和陈铁军被捕后，遭受严刑拷打，但始终坚贞不屈，周文雍在监狱墙壁上写下不朽的诗篇："头可断，肢可折，革命精神不可灭。壮士头颅为党落，好汉身躯为群裂。"

声声慢·看电视剧《繁花》有感

幽幽闪闪，

转转回回，

滴滴俐俐婉婉。

浦江开放奔涌，

龙蟠虎胆。

牛熊债股搏浪，

商贸潮，

风云变幻。

勇闯荡，

至真诚，

历尽沉浮千万。

岁月光辉咏叹，

黄河路，

侠情成败杯盏。

顺流逆流，

终又花明柳暗。

如歌如嫣如画，

伴繁蕾，

江湖再战。

载梦想，

东方明珠更璀璨。

注析

一、此词写于 2024 年 6 月 18 日广州市。

二、电视剧《繁花》根据作家金宇澄茅盾文学奖同名小说改编，讲述中国改革开放浪潮中，以阿宝为代表的小人物抓住机遇，迎难而上，逐步改变自己的命运，实现个人成长的故事。在 2024 年 2 月 11 日中央电视台主办的第二届中国电视剧年度盛典上被授予"年度大剧"称号。

三、词句"俐俐""勇闯荡""如歌如嫣如画，伴繁蕾"，分别隐含该剧马伊琍（原名马伊俐）、董勇、胡歌、唐嫣、辛芷蕾等主要演员的名字。

四、王家卫导演不仅在情节和人物塑造上打动人心，还在影像表达上独具匠心，使画面与情节、歌曲完美结合，如诗如画，如梦如幻，给观众带来一场视觉盛宴。

踏莎行·南沙邮轮新港首航

虎眺鲸舟,

宾盈津渡。

向洋万里昂开步。

流丹飞榭破涛行,

蓝天碧海临风沐。

美景多娇,

欢娱无数。

缤纷异域翩翩度。

首航满载纵情游,

湾区闪耀新标塑。

注析

一、此词写于 2024 年 6 月 27 日广州市。

二、广州南沙国际邮轮母港于 2024 年 6 月 25 日正式开港开航,首航"蓝梦之歌"号邮轮开启"广州南沙—越南下龙湾—广州南沙"旅程。

三、南沙国际邮轮母港与东莞虎门隔江相望,航站楼以"鲸舟"立

意设计，拥有 22.5 万总吨和 10 万总吨邮轮泊位各 1 个，年设计通过能力 75 万人次，是国内第三大邮轮母港，它成为广州又一亮丽新地标和粤港澳大湾区的水上门户。

七律·怀念叶剑英元帅

起义广州接赣峦，

南征北战勇韬全。

使命联盟齐抗日，

安邦治国竟开元。

一生慎断唯诸葛，

两度挽危胜吕端。

力促中华圆梦统，

丰碑亮节万年传。

注析

一、此诗写于 2024 年 6 月 29 日广州市。

二、叶剑英元帅，广东梅县人，中华人民共和国德高望重的开国元勋之一，党、国家和军队的卓越领导人。

三、叶剑英是 1927 年 12 月广州起义的领导人之一。于 1931 年到江西的中央苏区，任中央军委总参谋长。

四、1936 年，叶剑英协助周恩来和平解决西安事变，随后任我军驻南京代表，积极开展抗日民族统一战线工作。

五、建国初期，曾任广东省人民政府主席兼广州市市长。

六、"两度挽危"：一是 1935 年长征中，叶剑英及时发现张国焘企图分裂危害党中央的阴谋，向毛泽东报告，使中央红军迅速脱离险境到达陕北；二是 1976 年 10 月党和国家处于危难之际，叶剑英挺身而出，同中央其他领导一起，一举粉碎"四人帮"反革命集团，挽救了党、国家和军队。

七、毛主席高度评价他："诸葛一生唯谨慎，吕端大事不糊涂。"

八、在叶剑英担任全国人大常委会委员长期间，全国人大常委会于 1979 年 1 月发表《告台湾同胞书》，指出"实现中国的统一，是人心所向，大势所趋"。1981 年，叶剑英发表了著名的《关于台湾回归祖国实现和平统一的方针政策》的谈话，进一步提出了实现祖国统一的九项具体政策。

一剪梅·白鹅潭大湾区艺术中心

潮起珠江三殿堂,

湾区艺境,

鹅潭新妆。

千年文脉远流长,

翰墨星辉,

瑰宝典藏。

百川海纳气轩昂,

岭南基因,

非遗华裳。

遥襟甫畅创飞扬,

荟萃融融,

水天泱泱。

注析

一、此词写于 2024 年 7 月 10 日广州市。

二、白鹅潭大湾区艺术中心于 2024 年 4 月 28 日正式启用,它位于广州市白鹅潭三江交汇处,由广东美术馆、广东省非物质文化遗产馆、

广东文学馆组成，由华南理工大学建筑设计研究院首席总建筑师、中国工程院何镜堂院士领衔团队设计。白鹅潭大湾区艺术中心总建筑面积超14万平方米，总展览面积4万平方米，宛如一艘珠江岸边满载岭南文化艺术宝盒的巨轮扬帆启航，被选定为"广州十大文化地标"。

三、词句"遥襟甫畅创飞扬"，化用唐朝诗人王勃《滕王阁序》中的"遥襟甫畅，逸兴遄飞"。

七绝·广州艺术博物院

月下蛮腰玉宇朦，

池前金蕊丹青丰。

只唯艺博真绝色，

满院芳华动羊城。

注析

一、此诗写于 2024 年 7 月 10 日广州市。

二、广州艺术博物院（广州美术馆）新馆位于广州市海珠区广州塔（俗称"小蛮腰"）旁，于 2023 年 11 月 30 日落成开放，以"水中盛开的英雄花"为设计理念，以"千年瑰宝、岭南芳华"为主题，展品包括中国画、油画、版画、水彩画和雕塑等 1000 余件珍藏精品。

武陵春·咏春拳

惊叹一身好本领，

拳骨炼成钢。

心意勃发手马腰，

技胜木人桩。

精武豪情千万丈，

寸劲飒攻防。

华夏功夫四海传，

耀正气，

更铿锵。

注析

一、此词写于 2024 年 7 月 13 日广州市。

二、咏春拳颇具南拳特色，广泛传播于广东、福建、广西等省、自治区，以及香港、澳门和台湾等地区，并远播东南亚、日本、美国和英国等地，是国家级非物质文化遗产代表性项目。

三、咏春拳强调以"心"指挥"意"，以"意"引导手、腰、马运动，从而实现整体合一；有招式多变、擅发寸劲的攻防特点。

四、木人桩是将小念头、寻桥和标指这三套咏春拳的攻法、手法、步法和腿法融合一起，并具有较强实战意识的技击实训。

五、李小龙，祖籍广东佛山，吸收咏春拳等中外技击精华，创立截拳道，是中国功夫第一位全球推广者，主演了《精武门》等多部轰动世界影坛的功夫影片，咏春拳也因此誉满中外。

相见欢·长隆野生动物世界

珍稀胜地奇观，

客如川，

惊叹濒危百兽大联欢。

熊猫俏，

考拉妙，

白虎喧。

人与自然融美美共园。

注析

一、此词写于 2024 年 7 月 22 日广州市。

二、长隆野生动物世界位于广州市番禺区，1997 年 12 月开业，占地 2000 多亩。拥有 2 万多只珍稀动物，特别是濒危动物众多，有 10 多只大熊猫、50 多只考拉（即树熊）、200 多只白虎。长隆野生动物世界有 18 个动物主题园区，16 个游乐设施，20 多个科普驿站，2005 年被国家旅游局评为首批"5A"级旅游景区，是国内外游客到广州的旅游胜地。

三、"人与自然融美美共园"，引自费孝通先生的 16 字箴言："各美其美，美人之美，美美与共，天下大同"。

如梦令·葛洪

修道罗浮巨著，

抱朴仙人指路。

医术济世穷，

肘药青蒿妙注。

彻悟，彻悟，

诺奖溯源此处。

注析

一、此词写于 2024 年 7 月 24 日广州市。

二、葛洪是东晋时期道教理论家和医药学家，江苏人，隐居广东罗浮山 36 年，遁世期间修行炼丹，著书讲学。

三、《抱朴子》是葛洪编著的道教典籍，内篇论述神仙吐纳符箓勉治之术，外篇论述时政得失和人事臧否，词旨辨博，饶有名理。

四、葛洪编著的《肘后备急方》是古代中医方剂著作，是中国第一部临床急救手册。中国药学家屠呦呦受这本书的启发，成功提炼出青蒿素，为人类抗疟药物开拓了新方向，2015 年获得诺贝尔生理学或医学奖。

七律·忆叶挺将军

卫成戡平忠胆成，

攻城陷阵铁军风。

北伐挥师威粤汉，

南昌揭竿义羊城。

满怀抗日奇冤逆，

欲引囚歌烈火生。

霜前傲骨初心挺，

雨后长虹浩气腾。

注析

一、此诗写于 2024 年 7 月 27 日广州市。

二、叶挺，广东归善（今惠阳）人，1918 年毕业于保定陆军军官学校。1921 年任国民政府总统府警卫团第二营营长。陈炯明叛变围攻总统府时，他率部与叛军激战，掩护孙中山夫人宋庆龄等人脱险。在北伐战争中，叶挺任国民革命军第四军独立团团长，率部屡建奇功，为第四军赢得"铁军"称号。

三、叶挺是中国人民解放军创始人之一。1924 年加入中国共产党，1927 年 8 月 1 日参与组织领导南昌起义，任前敌总指挥，12 月 11 日参加广州起义，任起义军工农红军总司令。

四、叶挺在抗日战争全面爆发后，参与组建新四军，任军长；在"皖南事变"中被国民党扣押。周恩来在《新华日报》愤然题词："千古奇冤，江南一叶。同室操戈，相煎何急？"在狱中，叶挺写下著名的《囚歌》以明志："我渴望着自由，但也深知道，人的躯体哪能由狗的洞子爬出！我只能期待那一天，地下的火冲腾，把这活棺材和我一齐烧掉。我应该在烈火与热血中得到永生！"

五、抗战胜利后，叶挺于1946年3月出狱，4月8日与夫人等在乘飞机返回延安途中，不幸罹难。

七绝·新广州机场二十周年志庆

展翅鲲鹏卓越求，

廿年蝶变绘春秋。

最是星空辉炫处，

羊城枢纽贯全球。

注析

一、此诗写于 2024 年 8 月 6 日广州市。

二、新广州白云国际机场是国内三大航空枢纽之一，于 2004 年 8 月 5 日正式启用（已运行 72 年的旧机场关闭）。

三、2023 年，白云国际机场年旅客吞吐量突破 6300 万人次，连续 4 年蝉联全国第一，居全球前列。机场共有 3 条跑道，开通国内外 230 多个通航点，航线超 400 条。

七绝·贺中国游泳健儿奥运夺金

创世横空潘展乐，

狂澜众挽塞纳河。

浪里白条威奥运，

齐欢二度奏国歌。

注析

一、此诗写于 2024 年 8 月 7 日广州市。

二、在巴黎奥运会男子 4×100 米混合泳接力比赛中，徐嘉余、覃海洋、孙佳俊和潘展乐一举夺下中国代表团在该项目的首枚金牌。其中，第四棒自由泳选手潘展乐以 46 秒 40 的成绩强势逆袭，取得史诗级胜利，打破了美国在该项目长达 40 年的金牌垄断。

三、潘展乐还在万众瞩目的男子 100 米自由泳比赛中一举夺魁，并打破了世界纪录。

四、在此次奥运会中，中国游泳队共斩获 2 金 3 银 7 铜，成绩斐然。

七绝·左宗棠收复新疆赞

誓扫西侵胡虏狂，
抬棺远讨荡回肠。
花甲挥师忠烈气，
赢还大美我新疆。

注析

一、此诗写于 2024 年 8 月 23 日广州市，作者恰从新疆游玩归来。

二、左宗棠，湖南湘阴人，晚清军事家、洋务派和湘军首领。左宗棠于光绪元年（1875 年）任钦差大臣，督办新疆军务，在花甲之年（63 岁）统率清军出征，消灭侵占新疆的阿古柏外来势力，接着抬棺进兵，迫使俄国归还伊犁，从而取得收复新疆全境的胜利，维护了中国主权和领土完整。

七律·纪念邓小平同志诞辰一百二十周年

百色枪声淮海昂，

改革开放领新航。

舍辩黑白真理鉴，

不惊起落絮针藏。

四海五湖终富裕，

一国两制共繁芳。

功彪史册复兴梦，

永励初心代代扬。

注析

一、此诗写于 2024 年 8 月 24 日广州市。

二、邓小平同志于 1904 年 8 月 22 日出生，四川广安人，党的第二代中央领导集体的核心，中国社会主义改革开放和现代化建设的总设计师。

三、邓小平是 1929 年百色起义和 1948—1949 年淮海战役的主要领导者之一。

四、毛泽东主席评价邓小平同志：柔中有刚，绵里藏针。

五、邓小平同志一生中曾先后三次被错误批判和剥夺一切职务，后

又三次得到平反并恢复工作。

六、邓小平同志领导开展了"实践是检验真理的唯一标准"的大讨论。在1978年党的十一届三中全会上，作出把党和国家工作中心转移到经济建设上来，实行改革开放的历史性决策。

七、邓小平同志的名言："不管白猫黑猫，抓住老鼠就是好猫"；"允许一部分人、一部分地区先富裕起来，以先富带动后富，最终实现共同富裕"。

八、邓小平同志首创提出"一国两制"的伟大构想，即"一个国家，两种制度"，它是中国政府为实现国家和平统一而提出的基本国策，指在"一个中国"的前提下，国家的主体坚持社会主义制度，香港、澳门、台湾保持原有的资本主义制度长期不变。

七绝·送儿华南理工大学读博

无限科峰博览欢，

勤研有路上书山。

不负男儿磨砺志，

攻关四载凯歌还。

注析

一、此诗写于 2024 年 8 月 31 日广州市。

二、儿子刘斯今天正式进入华南理工大学计算机科学与工程学院攻读博士学位（学制 4 年），全家欢送，遂欣作此诗。

七律·再读《广州赋》有感

滕王序去新篇昂，

降穗仙羊富庶乡。

六祖开宗禅境佑，

东坡痴荔美食狂。

开放荆披奇迹创，

改革潮弄虎龙藏。

甫畅花城繁似锦，

人间乐土见沧桑。

注析

一、此诗写于 2024 年 9 月 24 日广州市。

二、《广州赋》是由著名作家、书画家、广东省文联原主席刘斯奋先生（1944 年出生）于 2007 年 4 月创作的一篇赋体文章，风格与唐代文学家王勃的《滕王阁序》相似。《广州赋》不仅是一篇对广州这座千年商都怀有深情厚谊的颂歌，更是对广州精神风貌与文化底蕴的深刻提炼。

三、2024 年 8 月 27 日，《广州赋》碑揭幕仪式在白云山的白云晚望平台举行。

点绛唇·广州国际汽车展

盛典琶洲,

名车众里狂欢度。

缤纷智赋。

品质高端塑。

竞秀万千,

论剑群雄谱。

全球瞩。

激扬共筑,

时尚风标铸。

注析

一、此词写于 2024 年 11 月 19 日广州市。

二、2024 年 11 月 15—24 日,第 22 届广州国际汽车展览会在琶洲展馆盛大举行。展会面积 22 万平方米,全球主流车企齐聚一堂,展车 1171 辆,其中全球首发车 78 辆,新能源车 512 辆再创新高;同时举办广州汽车发展高峰论坛,探讨汽车产业最前沿的发展路径。

三、广州国际汽车展览会是中国三大国际车展之一,每年年底举办,被称为中国汽车市场发展的风向标。

鹧鸪天·羊城菊会

斑斓美展何处拍?

初冬寿客盛装排。

千姿斗艳祥龙跃,

百态婀娜孔雀开。

扎作巧,匠心裁,

嫣红姹紫菊花台。

秋心拆却欢容婉,

活力羊城新彩来。

注析

一、此词写于 2024 年 11 月 23 日广州市。

二、第 65 届羊城菊会于 2024 年 11 月 16—12 月 1 日在广州文化公园举办。羊城菊会是广州历史最悠久、规模最大、影响力最大的专业菊花展览。本届主题是"活力湾区,新彩广州",共设祥龙腾跃、孔雀开屏、古韵传承等 10 个专题展区和 11 大主题景组,展出各类品种菊、扎作菊和时花等超过 8 万盆。

三、菊花,别称为"寿客"。

四、"秋心拆却欢容婉",化用张艺谋导演电影《满城尽带黄金甲》的片尾曲《菊花台》歌词:"命运不堪,愁莫渡江,秋心拆两半"。

● 诗词朗诵及歌曲类

诗词朗诵
《水调歌头·新暨南》

（刘旭作词，侯玉婷朗诵）

昔别上海滩，

又起珠河湾。

千里归来赤子，

声教于暨南。

领袖亲临教诲，

百年侨府涅槃，

今朝立标杆。

改革潮浪涌，

开放再登攀。

史馆里，

聆嘱托，

撸袖干。

传继中华文化，

特色向高端。

和而不同风范，

淘尽天下万难，

四海纳百川。

共圆复兴梦，

一统筑江山。

扫码听朗诵

注析

作者于 2020 年 11 月写成《水调歌头·新暨南》，已在《望江南·广州好》（第一辑）出版。2021 年 3 月 16 日，广东电视台著名播音员侯玉婷（曾获 1989 年中央电视台主办的首届"如意杯"全国十佳节目主持人称号）为《水调歌头·新暨南》进行诗词朗诵。经《羊城晚报》孙爱群副社长推荐，此诗词朗诵音频在"学习强国"平台上播放。

歌曲
《彩云追月》

（刘旭根据广东音乐名曲填词）

其一：友情

明月伴我在哪方？

玉宇夜清凉，

知音海内芳，

千盏相遇满欢尝。

遥知马力强，

同舟风雨闯，

高山水映情谊藏。

难忘今宵景象，

一曲声悠扬。

明月彩云上，

深深仰望，

天涯海角共情长。

其二：爱情

明月晚风入轩窗。

轻飘桂花香，

静赏琴瑟响，

彩凤纤云翼比双。

相思情未央，

飞星鹊桥盼，

身心铭印成鸳鸯。

难忘今宵景象，

一曲声悠扬。

明月彩云上，

深深仰望，

天涯海角共情长。

其三：亲情

明月良辰皓影光。

最忆是故乡，

星空浮云散，

落花怎奈见忧伤。

巢归知凤凰，

倦飞盼回港，

合家欢庆喜洋洋。

难忘今宵景象,
一曲声悠扬。
明月彩云上,
深深仰望,
天涯海角共情长。

注析

一、此填词写于 2023 年 7 月 17 日广州市,于 2024 年 9 月 17 日作出修改且当日登载于《羊城晚报·云上岭南》栏目。

二、作者将广东音乐名曲《彩云追月》分三段重新填词,把人对明月抒发的情怀分为友情、爱情和亲情。此填词可适用于普通话和粤语演唱。

彩云 追月

（根据广东音乐名曲填词）
（粤语或国语唱）

作词：刘 旭

1 = D 4/4

♩ = 72

```
(1· 3 3 3│5 3 3 3 3│4· 6 6 6│1· 5 5 5)‖：5· 6 1 2 3 5│
                                    （其 一：友情） 明 月 伴我 在哪
                                    （其 二：爱情） 明 月 晚风 入轩
                                    （其 三：亲情） 明 月 良辰 皓影

6 - - -│6 i 6 5 3 5│6 i 6 5 3 5│6 i 6 5 3 5 6│3 - - -│
方？    玉宇 夜清 凉，知音 海内 芳，千盏 相遇 满欢 尝。
窗。    轻飘 桂花 香，静赏 琴瑟 响，彩凤 纤云 翼比 双。
光。    最忆 是故 乡，星空 浮云 散，落花 怎奈 见忧 伤。

3 5 3 2 1 2│3 5 3 2 1 2│3 5 3 2 7 5 6│1 - - -│(4· 6 6 6│
遥知 马力 强，同舟 风雨 阔，高山 水映 情谊 藏。
相思 情未 央，飞星 鹊桥 盼，身心 铭印 成鸳 鸯。
巢归 知凤 凰，倦飞 盼回 港，合家 欢庆 喜洋 洋。

1· 5 5 5)│1 2 3 6 5 3│i· 5 6 -│i 5 7 6 5│3 - - -│
            难忘 今宵景 象，   一曲 声悠 扬。

2 3 5 2 3· 5│3· 2 6 -│5 6 5 3 3 5 2│1 - - -：‖
明月 彩云 上，深深 仰望，   天涯 海角 共情 长。
```

歌曲
《江城子·永庆坊》

（刘旭作词，冯伟杰作曲，林彩霞演唱）

海丝荔湾起苍黄，

洋行旺，

红船忙。

精工彩绣，

雕花永庆坊。

迎来戏曲群星汇，

融中外，

谱华章。

老街骑楼展画廊，

微改造，

满洲窗。

功夫祖院，

粤音忆故乡。

西关小姐回眸望，

留印记，

焕新妆。

扫码听歌曲

注析

　　作者于 2020 年 11 月创作出《江城子·永庆坊》，已在《望江南·广州好》（第一辑）出版。2021 年 12 月，知名作曲家冯伟杰为诗词《江城子·永庆坊》谱曲，广东音乐曲艺团青年歌唱家林彩霞演唱《江城子·永庆坊》歌曲。2022 年 6 月 25 日，广东电视台大湾区卫视频道主持人、广州市曲艺家协会副主席、荔湾区人大代表周丽珊在主持的广州新闻电台《岭南私伙局》节目中播放了《江城子·永庆坊》歌曲。2024 年 5 月，林彩霞将《江城子·永庆坊》歌曲收录在《岭南粤韵声乐专辑 2》中发行。

江城子·永庆坊

（粤语）

刘 旭 词
冯伟杰 曲

1=D $\frac{4}{4}$

♩=65

‖:（5·6 i·7 6563 5 | 6 65 1612 3 - | 2 23 56 5621 6 | 5 2 i 6 6 53

2·3 5621 -)‖ 6 65 36 i 65 3 | 1·2 532 - | 3·5 6 i 5 - |
　　　　　　　　海丝 荔湾起苍 黄，洋 行 旺， 红 船 忙。

6·5 6·i 6563 5 | 6 65 1612 3 - | 2 23 56 2 65 3 | 5 2 i 6 6 53 |
精 工 彩 绣，雕花永庆坊。 迎来 戏曲群星汇，融中 外，

2·3 6 2 1 1 | 5 65 15 635 2 | 1·2 532 - | 5·3 6 i 5 - |
谱 华 章。 老街骑楼展画廊，微 改 造， 满 洲 窗。

6·5 6·i 6563 5 | 3 65 6512 3 - | i·i 66 2 35 3 | 5 i i 6 3 i |
功 夫 祖 院，粤音忆故乡。 西关小姐回眸 望，留印 记，焕新

［1
2· - 5·3 56 | i - - - :‖ ［2
妆， 永 庆 坊。

2 - - - | 5 5 35 6 i | i - - - ‖
妆。 永 庆 坊。

（5·6 i·7 6563 5 | 6 3 3 2 2 i | i 0 0 0 ）‖

歌曲 《江城子·红棉赞》

（刘旭作词，冯伟杰作曲）

江城子·红棉赞

（国语）

刘　旭　词
冯伟杰　曲

1=♭E　4/4
♩=68

注析

作者于 2022 年 3 月创作了《江城子·红棉赞》，收录在《望江南·广州好》（第二辑）中；2024 年 9 月，知名作曲家冯伟杰为诗词《江城子·红棉赞》谱曲。

歌曲
《虞美人·黄埔新貌》

（刘旭作词，冯伟杰作曲）

古港科城情未了，
名企聚多少。
俊采星驰又东风，
黄埔鹤立湾区枢纽中。

香雪朝阳应犹在，
却将旧颜改。
问君扎根有何愁？
恰似东坡不辞向南流。

注析

作者于 2020 年 12 月创作出《虞美人·黄埔新貌》，已在《望江南·广州好》（第一辑）出版。2022 年 3 月，知名作曲家冯伟杰为诗词《虞美人·黄埔新貌》谱曲。

虞美人·黄埔新貌

刘 旭 词
冯伟杰 曲

（粤语或国语唱）

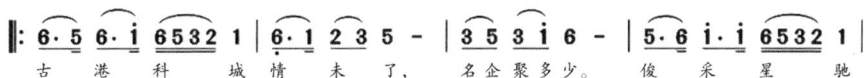

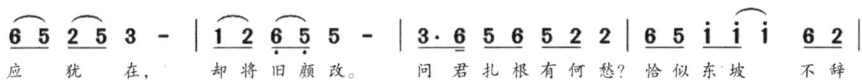

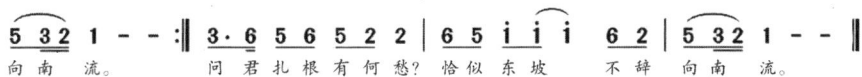

$1 = {}^{\flat}E$ $\frac{4}{4}$
♩ = 60

‖: 6· 5 6· i 6 5 3 2 1 | 6· 1 2 3 5 - | 3 5 3 i 6 - | 5· 6 i· i 6 5 3 2 1 |
古 港 科 城 情 未 了， 名 企 聚 多 少。 俊 采 星 驰

6· 1 5 3 5 - | 2· 5 3 3 5 3 2 1 | 2 - - 0 ‖ i· 6 i i 6 5 3
又 东 风， 黄 埔 鹤 立 湾 区 枢 纽 中。 香 雪 朝 阳

6 5 2 5 3 - | 1 2 6 5 5 - | 3· 6 5 6 5 2 2 | 6 5 i i 6 2
应 犹 在， 却 将 旧 颜 改。 问 君 扎 根 有 何 愁? 恰 似 东 坡 不 辞

5 3 2 1 - - :‖ 3· 6 5 6 5 2 2 | 6 5 i i 6 2 | 5 3 2 1 - - ‖
向 南 流。 问 君 扎 根 有 何 愁? 恰 似 东 坡 不 辞 向 南 流。

歌曲
《满江红·珠江夜游》

(刘旭作词，冯伟杰作曲)

满江红·珠江夜游

1=♭A 2/4
♩=60

刘　旭 词
冯伟杰 曲

110

3.5 1 65 | 1 66 3 | 2 - | 2· 12 | 3·3 55 | 2·2 16 | 2·3 656 | 1 - ‖

3.5 1 76 | 5 - | 6 56 1 16 | 5·6 5 32 | 2 - | 3.5 1 76 | 5 -
华灯初　放，粤韵茶香上　画　船。凭栏　仰，

6 56 1 16 | 1 66 5 | 2 - | 3·3 23 2 | 1 - | 2·3 76 | 5 - | 3.5 1 65
心潮逐浪，春意阑珊。双堤玉宇琼楼　过，一水流

6 - | 1 66 3 | 2 - | 3 23 55 | 2 2 21 | 6· 3 | 2·3 76 | 5 - | 5 -
光　溢彩宽。峥嵘岁月随风飘　散，醉岭南。

5 55 32 | 3 - | 5 55 32 | 1 - | 2 2 16 | 2 - | 2 2 16 ‖ 5 -
星海　望，曲犹　酣。琵醍　盏，会展　欢。

5 - | 3.5 3 23 | 1 - | 2·3 76 5 | 6 - | 3.5 1 1 | 1 15 6 | 6 56 1 1
品　千年商埠，丝路港　湾。塔化嫦娥纤态舞，琴成鹊拱

1 66 1 | 2 - | 3 23 55 | 2 2 21 | 6· 3 | 2·3 76 | 1 - | 1 - ‖
海心　弹。天涯邻比柔情似水，共婵娟。

注析

　　作者于 2023 年 4 月创作了《满江红·珠江夜游》，收录在《望江南·广州好》（第二辑）中；2024 年 11 月，知名作曲家冯伟杰为诗词《满江红·珠江夜游》谱曲。

●

楹联类

粤宴西关楹联

上联：邀杯粤宴先得月

下联：品味西关更载福

注析

一、此七言楹联写于 2023 年 1 月 28 日广州市。作者根据主办方广州市荔湾区委宣传部、广州酒家集团、广州日报·粤传媒、荔湾区文联关于"粤宴西关"西关美食文化体验馆楹联征集活动的要求，特应征而创作此楹联。

二、上联化用宋代苏麟《断句》中的诗句"近水楼台先得月"。

梦乡客栈楹联

上联：梦里天险悲不在

下联：乡中胜地喜常来

注析

一、此七言楹联写于 2023 年 2 月 22 日广州市，作者应征为四川省雅安市安顺场"梦乡客栈"创作，且此楹联成功入选。

二、安顺场是太平天国翼王石达开兵败的悲剧地，也是红军强渡大渡河的胜利地。它于 2006 年被国务院批准为全国重点文物保护单位，是全国重点打造的 100 个"红色旅游"精品景区之一。

隐庐茶室应联

据上联：诗书画印得知己

应下联：日月乾坤汇玉壶

注析

此七言楹联写于 2023 年 5 月广州市，根据已出上联，应征写出下联。

李氏宗祠楹联

上联：重恩祖殿德荫叶茂千年盛

下联：庆耀宗功地灵人杰万世昌

注析

一、此11字楹联写于2023年6月22日广州市，作者应邀而作。

二、李氏宗祠位于广东省肇庆市怀集县中洲镇糯塘村，堂号为"重庆堂"。

家书类

陋室铭

阁不在高，有诗则名。墨不在深，有恒则灵。斯是陋室，唯勤德馨。意境随春绿，韵神入丹青。博采有鸿儒，专攻无白丁。可以赏歌琴，研古经。无喧嚣之乱耳，无折腾之劳形。越秀百灵室，天河穗园亭。自乐曰：何陋之有？

注析

一、此文乃作者仿唐朝诗人刘禹锡名作《陋室铭》而作，2024年4月20日写于广州市。作者主要写作地为广州市越秀区百灵路10平方米的卧室，以及天河区穗园小区8平方米的书房。

二、2024年3月，作者经3年勤学苦练，通过楷、隶、行、草书4种字体的考试，获得中国书法等级考试高级（9级）证书。

三、作者所创作的词作《江城子·红棉赞》在2024年4月广州市"英雄花开英雄城"活动的"咏红棉"诗词大赛投票中位列第一。

父亲百年诞辰往事记

父亲刘记昌于 1925 年 11 月 12 日出生在广东省揭西县，到 2025 年将迎来百岁诞辰。他的世纪人生，可谓是饱经沧桑。

一、归国逢开国大典，幸运成离休干部

据父亲回忆，1926 年，未满 1 岁的他由我的祖父背着，全家从广东揭西县下南洋，到泰国曼谷谋生。家里兄弟姐妹共 8 人，他是老大。父亲在泰国中华中学读书时，受中国革命高潮的影响，与同班两个华裔兄弟同学于 1949 年 8 月一起乘船回中国参加革命。乘船到天津，再由陆路转到北京，父亲加入了中央统战部组织的归国华侨青年干部培训班。10 月 1 日，他以归国华侨青年代表的身份，应邀参加了中华人民共和国在天安门广场举行的开国大典（按规定：凡 1949 年 10 月 1 日前参加革命工作的，属于离休干部）。学习 3 年毕业后，父亲参加南下工作团，并到广东指导"土改"，"土改"结束后被分配到广州华侨补习学校（即暨南大学华文学院的前身）工作。

1954 年 7 月，父亲与母亲刘萍珍结婚。母亲和父亲一样是泰国归侨，也参加了同期统战部组织的归国华侨青年干部培训班，随后参加了南下工作团到广东指导"土改"，"土改"结束后被分配到华侨大厦工作。

二、早年命途多舛，人过中年才合家团圆

1957 年，32 岁的父亲被错划为右派，被下放到英德华侨农场。我在 1961 年出生，一直是在母亲身边长大的。1969 年，母亲也被下放到韶关桂头"五七"干校，直到 1975 年才回到华侨大厦工作。1978 年，父亲在英德华侨农场工作 21 年后终于平反，回广州暨南大学工作。此后，我们才真正过上合家团聚的生活。1985 年，父亲离休。

三、工作认真，不辞辛劳

下放期间，父亲在英德华侨农场当采购员，由于计划经济时代物质匮乏，他经常往返广州与英德两地，向广州相关单位采购水泥、食糖、饮料等紧缺物资，用货车运回农场，及时解决农场建设和生活所需。每当搬运人手不够时，父亲都会主动兼任搬运工帮忙抬货物上车。父亲曾因工作劳累而胃出血晕倒，农场紧急派车把他送至广东省人民医院动手术，胃被切除 3/4。康复出院后，他继续为工作奔波操劳。平反后，父亲被调回暨南大学基建处，虽已 53 岁，他仍每天骑自行车跑相关单位采购物资，为暨南大学复办后的大量基建任务而奔忙。在英德华侨农场和暨南大学工作期间，父亲都曾被评为"先进工作者"。

四、为人正直，人缘较好

父亲与我同属牛。他为人正派，对当面说好话、背后讲坏话的人深恶痛绝。父亲从小教育儿女要讲诚信，借别人财物必须速借速还。改革开放前，父亲天天听收音机播放的新闻广播，家里买了电

视机后，便改为每天看《新闻联播》。他阅历丰富，人又健谈，能讲一口流利的泰国语、普通话、粤语、客家话和潮州话，同学、朋友、同事、亲戚和邻居们都乐于与他相处。泰国亲戚们来中国探亲，都喜欢住在我们家里，以便与父亲拉家常。当年与他一起从泰国归国的两位华裔兄弟同学，在同期归国华侨青年干部培训班毕业后，都被分配在中国国际广播电台泰语组工作。遗憾的是，两人后来在"文革"期间闹矛盾，互不往来近 10 年。父亲得知后，分别到他俩的北京居所中做调解，最终说服两家人冰释前嫌，重归于好。两位华裔兄弟的结局得到同学们的称赞。

五、勤俭至极，事事节省

在父亲的影响下，家里每月的吃穿用度都较为节省。自行车是父亲最主要的交通工具，无论是维修车链还是补胎，他都亲力亲为。家里维修工具一应俱全，因此父亲从不需要光顾修车铺。除了擅长修车，父亲还经常动手维修抽水马桶的铁链和阀门。他对家里用电、用水也特别注意节省，离开房间和厨厕时必定随手关灯，每天还会用两个大水桶收集洗碗、洗菜等产生的生活污水来冲马桶。即使年过九十，他还会趁家人没注意，偷偷提起装满生活污水的水桶来冲马桶，屡禁不止。

六、家长式教育，强扭的瓜不甜

我从小喜欢文科，尤其沉湎于诗词创作。1978 年我首次参加高考，就已达到暨南大学文科的录取分数线。但父亲坚决反对我读文科，认为必须读理工科，他总是念叨"学好数理化，走遍天下都不

怕"，迫使我放弃录取机会。我在第二年转战理工科，结果没考上。直到1980年，也就是我第三次高考时才考上暨南大学数学系。当时是刚恢复高考，老师水平参差不齐，连课本和复习资料都不齐全，我从文科改理工科，三年高考的各种滋味只有自己晓得，所承受的生理和心理压力不堪回首。

大学毕业后我一直在外经贸系统工作，一直到2019年从广州市商务局退休后，才真正重拾诗词创作的爱好，笔耕不息。鉴于自己的高考经历，我后来在孩子的教育中，很注意尊重和支持其个人意愿。若遇不同意见时，我会积极与孩子协商沟通，从不把家长式的个人意愿强加给孩子。在我的引导之下，孩子能够充分发挥个人特长，快乐学习，高考成绩名列前茅，考上北京大学计算机科学专业。

七、喜欢红茶和香蕉，生活习惯良好

父亲所在农场所产的"英德红茶"是中国三大红茶之一。他喜欢天天喝红茶，因为红茶是全发酵茶类，有利于养胃。父亲还喜欢吃碱水面条，因此家里午餐大多吃面条。凡吃面条，父亲必加浙醋调味和帮助消化。像是香蕉和玉米这样的健康食物，父亲几乎每天都吃。虽然年龄近百，但父亲除了牙口不好，吃饭较慢和出门需坐轮椅之外，饮食起居、冲凉如厕基本都能自理，根本不像做过胃部切除手术的人。他作息规律，保持着健康的生活习惯。98岁时，父亲参加暨南大学年度职工体检，他的血液和心脏等主要指标的检测结果竟然不输青年人，堪称奇迹。

八、坚持每天骑自行车，成也萧何败也萧何

因为采购员的工作需要，父亲一直坚持每天骑自行车。1978 年回暨南大学工作后，他每天都骑自行车往返近 2 个小时，风雨无阻。因我们上班早出晚归，父亲退休后，他承担起了接送孙子上学的任务，直到孙子上初中为止。

年过 80 岁，父亲的腿脚不便，亲戚朋友们都劝他勿骑自行车，但他总是不以为意。街道工作人员上门慰问时，他还当众骑自行车，以此炫耀自己"灵便"的腿脚。结果在 2014 年我出访期间，89 岁的父亲骑自行车在家附近的马路上摔倒，左腿髋骨断裂。所幸邻居刚好路过，及时呼叫救护车送他入院，并通知家人赶去看护。一周后，待我赶到广州市第一人民医院，医院成功给父亲做了接驳髋骨的微创手术。由于他是离休干部，医疗费用几乎全部报销。出院后，父亲在家用拐杖或助行器，外出坐轮椅，我们请了一位保姆常年照料他的生活。从此，父亲才不得不结束 50 多年的骑自行车的日子。

九、记忆力虽有下降，储蓄计算依然精准

父亲退休后享受离休干部待遇，却仍坚持省吃俭用，喜欢将省下的钱全部存银行。年过 90 岁，虽然父亲记忆力明显减退，但唯独对数字的加减乘除运算十分清晰。因房产公证需要，他曾到广东省人民医院做个人精神状况诊断证明测试，父亲虽已 98 岁，但其计算之快和精确，令医生惊叹不已。每月 15 日是单位发退休金的日子，父亲记得很清楚，会提前拿出存折提醒我们去银行办理业务。除了要给保姆工资之外，还要认真看银行存折上每月新入账的退休金明

细，以及新增的活期转定期存款，并拿出算盘拨珠一一复核。每当数着逐月增长的退休金累计储蓄数字时，父亲常常喜形于色，这俨然是他的重要寄托之一。

总之，父亲是新中国革命和建设的见证者和参与者，历经艰难曲折，终得安享离休晚年。藉父亲百年诞辰之际，特作此文，祈愿他身体康健，福如东海，寿比南山。

● 书 法 作 品 类

胡友信手书自创对联赠作者

注析

　　2024 年 10 月 16 日，作者的老领导、广州市商务局胡友信巡视员手书自创对联一副，赠予作者共勉。对联如下：

　　　　　为人有德天长佑

　　　　　行善无求福自来

為人有德天長佑
行善無求福自來

胡友信書
甲辰秋

汪之成手书作者诗词
《七律·荆州怀古》

有借舆论坦祸枉　单刀赴会以为

神歌临渴情添傲气　参城败走城

经身审生还藏石死无缘岂欲想

天道深处突窦鉴如奥替厚嵘嵘

巨伟人

录刘旭七律赏初怀古诗　甲辰仲秋江之诚书

黄志德手书作者诗词
《江城子·龙舟竞渡》

端午百舸闹珠江 旌旗奋发龙昂 碧波斩

浪奋锦 高镲湘君屈原忠魂气骨铿锵

味系雏骚求索跋涉为瀹之立志来英展脉

擎舟飞承念坚张后兴共芳淘沥波图

舟波园盛昌

名家刘旭江携子龙舟竞渡甲辰夏岭南黄志兴书

皇甫乐天手书自创诗词
《七绝·读刘处＜江城子·永庆坊＞有感》赠作者

丹心壮志吉功成

虽退未休伏案耕

永庆芳华歌一曲

诗书点染润羊城

读刘庆江城子永庆坊有感

壬寅夏乐天书於白和黄

135

刘旭手书诗词
《望江南·广州好》

廣州好 春潤木
棉煌夏韻纖腰
江月映秋怡會
展粵珍香冬戀
荔泉鄉

望江南廣州好劉旭並書

刘旭手书诗词
《五绝·太平馆西餐厅纪事》

颖超慕客至

喜庆迎恩来

佳肴联璧玉、

美似海棠开

五绝太平馆西餐厅纪事甲辰秋

月於廣卅穗园劉旭並书

刘旭手书诗词
《江城子·永庆坊》

海丝荔湾起
营黄洋行旺红
船栊精工彩绣雕
花永庆坊迎来
戏曲粤星汇融
中外潜华韦志
街骑楼展画廊
微政造濠洲宪功
夫祖院粤音忆故
乡西关小姐回眸
望留印记焕新妆

刘旭江城子永庆坊甲辰春月并书

刘旭手书诗词
《江城子·红棉赞》

羊城三月攀枝放
艳如火挺似铜柯
情侠骨壮燕向穹
苍穹皂红陵旭日
壮美雄崴堪敬仲
正气勃崴堪敬仲
迎春绽玄寒霜片
花采昂首暎朝阳
红山自古卯丹青风
雨後更辉煌

江城子红棉赞
岁次甲辰春月於
穗园刘旭並书

刘旭手书诗词
《满江红·珠江夜游》

華燈初放粵韻
茶香上盡船憑欄
闌珊雙堤玉宇瓊
仰心潮逐浪春意
橫過一水流光溢
綠寬呼嶸歲月迢
風飄散醉嶺南星
海望曲糕醺碧醞
宴迎會展歡品千年
商埠綠路港灣
塔化撐娥纖態舞
琴奏鼓拱海心彈
天涯鄰此寧情似水
共嬋娟

满江红珠江夜游劉旭並書

刘旭手书"宁静致远"

恒力达公习惠存

宁静致远

甲戌孟秋刘旭书

　　在广东人民出版社的大力支持下，《望江南·广州好》（第一辑）诗词集于 2021 年 7 月出版发行，受到广大读者和朋友们的欢迎，使我深受鼓舞。近 3 年来，我再接再厉，又创作了 60 多首具有鲜明时代气息和岭南文化特色的诗词，并积极尝试诗词表现形式的多样化。同时经不懈刻苦学习，我的书法水平也由 2020 年的入门级提升为 2025 年 3 月获得中国书法等级最高级（10 级）水平。近期，我将新创作的诗词、楹联、书法、歌词和诗词朗诵等作品，结集出版《望江南·广州好》（第二辑）诗词集，希望对喜欢和想多了解中国式现代化新气象以及岭南文化的读者朋友们有所帮助。

　　首先，我将这本《望江南·广州好》（第二辑）诗词集献给辽宁省美术家协会会员、广州市荔湾区原政协委员、知名画家王可心先生，他曾为我的《望江南·广州好》（第一辑）诗词集共 30 多首诗词制作精美插图。2024 年 7 月 21 日，王可心先生在广州因病去世，我为痛失一位挚友而深感惋惜，谨以本诗词集表达对王可心先生的深切怀念之情。

　　感谢广州市商务局的老领导胡友信巡视员热情为《望江南·广州好》（第二辑）诗词集作序，并赠送书法作品；感谢广东人民出版社赵瑞艳编辑为诗词集（第二辑）作序并提出了很好的设计和修改意见；感谢中国作家协会会员、原广州军区《民兵生活》杂志社社长蔡常维将军和《羊城晚报》报业集团孙爱群副社长的热情推荐；感谢全国十佳节目主持人、广东

电视台著名播音员侯玉婷为《水调歌头·新暨南》作精彩的诗朗诵，并在"学习强国"平台上播放；感谢知名作曲家冯伟杰为《江城子·永庆坊》《江城子·红棉赞》《虞美人·黄埔新貌》和《满江红·珠江夜游》谱写颇具岭南特色的曲调，并对我根据广东音乐名曲《彩云追月》填词的粤语部分提出了很好的修改意见；感谢广东音乐曲艺团青年歌唱家林彩霞演唱《江城子·永庆坊》歌曲，并将其收录于其《岭南粤韵声乐专辑2》发行；感谢广东电视台大湾区卫视频道主持人、广州市曲艺家协会副主席、荔湾区人大代表周丽珊在广州新闻电台《岭南私伙局》节目中向广大听众推荐播放《江城子·永庆坊》歌曲；感谢中国书法家协会会员、本人在广州雪墨书院的书法指导老师汪之成院长为《七律·荆州怀古》创作书法作品；感谢中国画研究会黄志德先生为《江城子·龙舟竞渡》创作书法作品；感谢广州白云山和记黄埔中药有限公司皇甫乐天先生为《江城子·永庆坊》歌曲即席赋诗并赠送书法作品；感谢王侃（海关总署广东分署原副主任）、孙爱群（羊城晚报报业集团副社长、副总编辑，云上岭南国际传播融平台首任总编辑）、连向先（广东书法与文艺研究院音乐与文化产业研究室主任，青年作曲家）、陶德友（广东省作家协会会员，广州市商务局原处长）、莫赞（广东省教学名师，广东工业大学教授）、陈贺达（广州诗社副社长）等为本诗词集作名家点评；感谢广州市作家协会杨兮副秘书长的热心推荐。

同时，还要感谢我家人给予的大力支持和鼓励；感谢对本诗词集出版给予热情帮助的所有同学、同事和朋友们。是大家的鼎力支持，才使本诗词集得以顺利出版。

由于作者水平有限，本书难免有错漏之处，欢迎读者朋友们批评指正。

刘　旭

2025 年 3 月 19 日于广州